Inhalt:

Wo finde ich ihn, den Duft der großen weiten Welt? Kann ich ihn überhaupt riechen?

Haben Sie eine Ahnung, wie es in Marrakesch riecht? Hätte der Geruch in einem Reiseführer gestanden, wäre ich vielleicht nicht dorthin gefahren. Aber in welchem Reiseführer werden schon solche Nichtigkeiten erwähnt?!

Gerüche beschäftigen mich seit meiner Kindheit. Aber sie haben sich in meinem Umfeld im Laufe der Jahrzehnte verändert.
Ich habe herausgefunden, dass es typische Gerüche eines Landstrichs, einer Stadt oder einer Insel gibt. Der gleiche Ort riecht zu jeder Jahreszeit anders. Von vielen Städten meiner Reisen bin ich überrascht, weil ich mir einen anderen Geruch für diese Region vorgestellt habe, als er in Wirklichkeit ist.

Überall auf der Welt begegnen uns Düfte. Mal sind sie angenehm, mal ekel ich mich davor. Jetzt, da ich älter werde, merke ich, dass mein Geruchssinn nachlässt. Ich muss mich also beeilen, wenn ich noch ein paar dufte Reiseziele ansteuern will.

Irmela Hauffe ist 1954 in Duisburg geboren. Sie hat Chemie und Textilgestaltung/Kunst für das höhere Lehramt studiert. Als freischaffende Künstlerin ist sie Mitglied des Dormagener Organisationsteams für Kunstausstellungen D´Art.

www.irmela-hauffe.de

Irmela Hauffe hat viele Jahre an der Rezeption einer Seniorenresidenz gearbeitet. Jetzt ist sie tätig als Betreuerin an einer Ganztagsschule.

Nach der Geburt ihrer Enkel hat sie zwei Kinderbücher geschrieben und illustriert, jedoch nicht veröffentlicht: „Der Kuckuck", „Farbenspiele"

Ihr erstes veröffentlichtes Buch heißt:

„Ruhestand- Ab morgen habe ich Zeit" und ist 2016 erschienen.

Bibliografische Information der Deutschen
Nationalbibliothek: Die Deutsche
Nationalbibliothek verzeichnet diese Publikation in
der Deutschen Nationalbibliografie; detaillierte
bibliografische Daten sind im Internet
über dnb.dnb.de abrufbar.

© 2017 Irmela Hauffe
Herstellung und Verlag: BoD – Books on Demand,
Norderstedt

ISBN 9783744802536

DER DUFT
DER GROSSEN
WEITEN WELT

Irmela Hauffe

Vorwort

Wissen Sie, was ein Olf ist? Keine Ahnung? „Wer muss das wissen?", denken Sie. Ein Architekt zum Beispiel. Oder ich, denn diese Olfs begleiten mich auf meinen Reisen. Ein Olf ist eine Maßeinheit für die Stärke einer Geruchsquelle. Sie wird gemessen mit einem hochsensiblen Apparat, genannt Nase. Geschulte Testpersonen haben die Geruchsstärke erschnüffelt und ihnen einen Wert zugeordnet, den Olf. Der Name stammt von seinem Erfinder, Professor Ole Fanger aus Dänemark und wird seit 1988 offiziell benutzt. Ein Erwachsener, der täglich duscht, täglich die Wäsche wechselt und im Büro arbeitet verströmt 1 Olf. Ein Raucher hat 25 Olf. Ein Sportler 30 Olf. Je mehr geschwitzt oder gestunken wird, desto mehr Olf. Es müssen aber nicht nur schlechte Gerüche sein, die den Olf-Wert ausmachen. 30 Olf können auch von einem Parfüm ausgehen. Die Stärke eines Geruches ist ausschlaggebend für den Wert. Wenn Architekten zum Beispiel ein Bürogebäude bauen, so können sie mit unterschiedlichen Baumaterialien ein angenehmes Raumklima schaffen. Marmor riecht anders, beziehungsweise weniger als Holz. Je besser es im Büro riecht, desto lieber kommt man zur Arbeit. Das hat man herausgefunden. Gerüche wirken im Gehirn direkt auf das limbische System, das zuständig ist für Emotionen wie Angst oder ein Glücksgefühl. Auch körperliche Funktionen können über Gerüche gesteuert werden. Riecht etwas angenehm, wird die Speichelproduktion angeregt. Schlechte Gerüche können sogar Übelkeit und Brechreiz auslösen.

Es gibt typische Gerüche eines Landstrichs, einer Stadt oder einer Insel. Der gleiche Ort riecht zu jeder Jahreszeit anders. Den würzig, salzigen Geruch von Seetang, Salzwiesen und Krebsen im Wattenmeer der Nordsee vermisse ich im Frühjahr. Ende des Sommers ist er erst wieder da. Das ist wichtig zu wissen, wenn ich meinen Urlaub plane. Manhattan in New York City riecht nach Abwässern, Müll und Abgasen. Beziehungsweise stinkt danach. Jetzt könnte man meinen, dass es auch in Venedig nach Abwässern stinkt. Das stimmt. Und dennoch unterscheiden sich diese Gerüche insofern, als dass in Venedig noch der faulige Geruch von Algen hinzukommt. Den ich aber als angenehm empfinde. Dafür fehlen die stinkenden Abgase der Autos.

Ganz allgemein kann ich jetzt schon sagen, dass die Gerüche in einer warmen Umgebung um etliches intensiver sind, als bei Kälte. Wer also eine Reise plant und gerne den Duft der großen weiten Welt atmen möchte, muss sich einen Termin im Sommer wählen. Im Winter, wenn es kalt ist, sind die Gerüche erfroren.

Vielleicht schaffe ich es eines Tages mit verbundenen Augen anhand des Geruches herauszufinden, in welcher Stadt ich mich gerade befinde?! Das wäre mal eine Herausforderung!

Ruhrgebiet, NRW, Deutschland

Wie alles anfing. Ich bin im „Ruhrpott" groß geworden. Das ist in Nordrhein-Westfalen. Da qualmten die Schornsteine der großen Fabriken ihren gelben, schwefeligen Dampf aus den Schloten. Alle paar Tage wurden die Hochöfen abgestochen, und meterhohe Feuerfontänen färbten den Duisburger Himmel rot vom brennenden Stahl. Es sah gespenstisch, aber auch wunderschön aus. Wir Kinder kannten diese Prozeduren der Hüttenwerke und hatten keine Angst vor der Feuersbrunst. In manchen Stadtteilen roch es nach Malz. Da war die Bierbrauerei nicht mehr weit entfernt. Öffneten wir die Fenster, so wussten wir immer aus welcher Richtung der Wind wehte. Wenn es nach Schwefel roch, hatten wir Westwind. Schönes Wetter mit Wind aus Osten kündigte sich mit dem Gestank der Brauereien an. Für diese Gegend vergebe ich locker 80 Olfs. Viele Väter und Großväter meiner Klassenkameraden waren Bergmannsleute bzw. Grubenmänner und fuhren unter Tage. Sie gingen zum Pütt, so sagte man. Die Kohlezechen hatten Hochkonjunktur. Und überall wurde die Steinkohle zum Heizen eingesetzt. Die schweren Jutesäcke mit den Steinkohlebriketts wurden auf LKWs verladen und zu den Haushalten geliefert. Die Kohlenmänner packten sie sich auf den Rücken und schleppten sie zu den Kelleröffnungen. Bei meinen Großeltern gab es eine Kellerluke am Bordstein, durch die mehrere Säcke mit Steinkohlebriketts hinein geschüttet wurden. Das war Vorrat für etwa einen Monat. Wir durften den Kohlekeller erst eine Stunde später betreten, da sich der Staub des schwarzen Goldes noch legen musste. Erst danach wurden die Briketts feinsäuberlich wie Goldbarren gestapelt. Duisburg, Oberhausen und all die anderen Städte des Ruhrgebietes rochen nach Schwefel, Stahl und Kohle. Das Ruhrgebiet qualmte, puffte, stank und war unglaublich lebendig. Meine Nase war geübt im Umgang mit den verschiedensten Gerüchen.

Unser Schulweg zur Volksschule, wie die Grundschulen damals hießen, führte erst durch die Einkaufsstraße. Mindestens einmal in der Woche kauften wir vor dem Unterricht für zehn Pfennig eine Tüte loses Sauerkraut beim Metzger ein. Es schmeckte wunderbar. Und dann ging der Weg weiter bis zu einer roten Backsteinmauer, die so hoch war, dass wir nur mit Hilfe einer Räuberleiter über sie hinweg gucken konnten. Wir wussten ja längst, was hinter der Mauer verborgen lag, aber wir gruselten uns jeden Tag gerne aufs Neue. Wer war diesmal mutig und traute sich, über den Rand zu schauen? Im Innenhof lagen nämlich blutverschmierte Skelette von geschlachteten Pferden, die mitten im Wohngebiet von der benachbarten Pferdemetzgerei in dem Hof entsorgt wurden. Es stank bestialisch nach geronnenem Blut und verwesten Hautfetzen, und die Fliegen und Katzen umkreisten die Kadaver. Mal lag nur ein abgehackter Pferdekopf, mal das ganze Gerippe auf dem Boden. Schreiend, aber erleichtert, dass wir diese Mutprobe überlebt hatten, rannten wir die letzten Meter bis zur Schule.

Fünfzig Jahre später haben sich die Gerüche meiner Kindheit verändert, denn es gibt vom Gesetz vorgeschriebene Geruchsfilter für die Schornsteine. Kaum noch einer heizt seine Wohnung ausschließlich mit Kohle. Das Gemüse wird vorzugsweise vakuumverpackt angeboten oder eingefroren. Autos bekommen Abgasfilter und stinken ab sofort anders, aber nicht besser. Rosen versprühen nicht mehr ihren verführerischen, zarten Duft, weil sie so gezüchtet werden, dass sie schnell wachsen und robust gegen Ungeziefer sind. Tomaten riechen und schmecken nur selten noch nach Tomaten. Vieles ist überzüchtet und geruchslos. Mein Gedächtnis für alle gesammelten Gerüche funktioniert bis heute einwandfrei. Und was noch famoser ist, wir Menschen haben gelernt, uns bestimmte Düfte zu Nutze zu machen, indem wir zum Beispiel ein verführerisches Parfüm benutzen, um einen Partner anzulocken. Einige Säugetiere markieren ihr Revier mit Duftmarken. Wir Menschen müssen da ein wenig nachhelfen. „Ich kann dich gut riechen", oder „das ist dufte", sind bekannte Redensarten, die ausdrücken, das einem etwas gefällt. Was für die einen gut riecht, riecht aber für mich noch lange nicht gut. Gerüche werden subjektiv wahrgenommen. Das ekelige Parfüm meines Onkels erkenne ich bis heute mit verbundenen Augen, auch wenn er schon Jahrzehnte unter der Erde liegt. Ich glaube, er hat den Duft gemocht und seine Frau auch. Umgekehrt ist es genauso. „Hier riecht es lecker", sage ich, wenn ich an einer Tankstelle stehe oder wenn ich eine voll gekackte Babywindel wechsele. Andere halten sich ihre Nase zu, weil es für sie stinkt. Eine zigarettenverqualmte Bude riecht für mich richtig fies, ebenso abgestandenes Bier oder Erbrochenes. Dann muss ich aufpassen, dass ich nicht selbst kotzen muss.

Ich vermisse viele Gerüche aus meiner Kindheit, wie zum Beispiel den modrigen Holzgeruch der Sitzbänke im Burgtheater. Heute sind die Bänke aus Kunststoff. Und ich vermisse den Geruch der

Molkerei, die es früher in jeder Stadt gab. Täglich fuhr ein Milchwagen durch unsere Straße, und die Mütter konnten frische Vollmilch aus einem Zapfhahn in eine 10l Milchkanne pumpen. Die Milch roch herrlich frisch und schmeckte köstlich. Dieser Milchwagen war Treffpunkt aller Frauen in der Straße und wurde genutzt, um ein ausgiebiges Quätschchen zu halten. Heute wird die Milch pasteurisiert und entrahmt. Das nimmt ihr den Duft und den Geschmack. Im Supermarkt riecht die Milchabteilung nach gar nichts.

Doch zum Glück gibt es sie noch- die guten Düfte meiner Kindheit. Jeder weiß wie ein Wald riecht, wenn es geregnet hat. Er duftet nach feuchter Erde, vermoderten Blättern und frischem Holz. Laubwälder riechen wieder anders als Nadelwälder. Fichten, Kiefern und Tannen duften nach würzigem Harz, das wie zäher, klebriger Honig an der Rinde hinab tropft. Der Geruch von Laubwäldern ist feuchter und frischer. Wenn die Pilze im Wald wachsen, duftet der Waldboden würzig und erdig. Wir wissen wie es riecht, wenn das Gras frisch gemäht wird. Das erste Rasenmähen des Jahres kündigt den Sommer an mit seinem Geruch nach süßlich trockenem Heu.

Haben Sie den Geruch eines Opernhauses in der Nase? Das Publikum sitzt auf seinen Plätzen in den

Rängen und Logen oder im Parkett, die Musiker finden sich mit ihren Instrumenten ein und üben kleine Passagen. Jeder für sich. Es ist ein lustiges Stimmengewirr aus Instrumenten und lebhaften Gesprächen der Zuschauer. Selbst die Luft im Zuschauerraum fängt an, sich zu bewegen und bis auf die höchsten Plätze hinauf zu tanzen. Eine Duftwolke aus Holz und Parfüm. Irgendwann schließen sich die Türen zum Foyer, und das Licht der prächtigen Kristallleuchter geht langsam aus. Alles wird still. Die Luftbewegung lässt spürbar nach. Es ist, als würde die Duftwolke wie ein Nebel niedersinken. Schließlich naht der Dirigent. Er wird mit Beifall begrüßt. Danach herrscht wieder Stille. Der Dirigent hebt seinen Taktstock. Die ersten Töne zur Ouvertüre erklingen, erst zaghaft, dann immer mutiger. Wenn dann der schwere Samtvorhang hinter dem Orchestergraben zur Seite gleitet, um die Bühne frei zu geben, dann strömt eine warme Wolke aus parfümiertem Puder und Kostümen, die in der Sommerpause einen leicht modrigen Kellermief angenommen haben, zu den Rängen empor und lässt die Zuschauer träumen und genießen. Dieses Zusammenspiel von Musik, herrlichen Düften und wunderbaren Kostümen auf der Bühne geht mir unter die Haut. Es ist ein Genuss für all meine Sinne.

Ich kann es riechen, wenn sich der erste Schnee ankündigt. Dann verfärbt sich der Himmel in ein eigenartiges Grau, das anders ist als das Grau des Novembernebels. Und dann kann ich die ersten Schneeflocken riechen. Leider geschieht das immer seltener im Ruhrgebiet.

Und weil mir Gerüche so wichtig sind, plane ich Urlaube an immer anderen Flecken der Erde. Ich habe bereits bestimmte Vorstellungen vom Geruch einer Stadt. Wenn ich dann vor Ort bin, trifft mich der tatsächliche Geruch unerwartet. Ich kenne keinen Reiseführer, der die Aspekte der Düfte mit erwähnt. Sind mir die fremden Gerüche angenehm oder widerwärtig? Das will ich herausfinden. Immer der Nase nach.

Waynesburg, Pennsylvania, USA

„Hier sind irgendwo Marienkäfer." „Was ist los?",
fragt mich meine Kusine. „Ich kann sie riechen."
„Wen?" „Die Marienkäfer." Und tatsächlich. Da
krabbeln die ersten Käfer in den Ecken. „Ich rieche
nichts. Wonach riechen sie denn?" „Sie riechen
bitter und unangenehm. Sie stinken." Natürlich
rieche ich den Käfer nicht, wenn er sich alleine in
einem Raum befindet. Da bedarf es schon ein paar
mehr Krabbelkäfern. Ich hätte nicht gedacht, dass
ich diese kleinen Tierchen einmal ekelig finden
würde. Als Kind habe ich sie gerne auf meine
kleinen Fingerchen gesetzt und ihnen zugeschaut,
wenn sie meinen Arm hinauf liefen. Aber jetzt?
Undenkbar!

Im Frühjahr des letzten Jahres plante ich einen 14-
tägigen Urlaub in Pennsylvania, USA. Meine Kusine
hatte mich zu sich eingeladen. Aus beruflichen
Gründen waren sie und ihr Mann für ein paar Jahre
in die Universitätsstadt Waynesburg gezogen. Dort
bewohnten sie vor den Toren der Stadt ein
hübsches, typisch amerikanisches Häuschen mit
überdachter, holzverschnörkelter Veranda, auf der
ein Schaukelstuhl leicht im Wind hin und her
wippte. Dieses Haus hätte in jedem Westernfilm

eine Hauptrolle bekommen können, so idyllisch sah es aus. Vor den Toren der Stadt bedeutet in den USA etwa eine Stunde Autofahrt. Um das Haus herum gab es saftige Weiden, auf denen zahlreiche Kühe und Ochsen zu sehen waren. Es roch nach frischem, kühlen Gras, Kuhfladen und ersten Frühlingsblumen. In der Ferne grasten zwei Pferde. All diese Tiere gehörten zum Inventar des Hauses. Die Landschaft war hügelig und weitläufig, wobei sich Wiesen und Wälder abwechselten. Eigentlich sah es aus wie im Sauerland, nur dass die Ortsnamen fremd klangen. Obwohl mir ein Städtename bekannt vorkam: Washington. Da wollte ich ja sowieso mal hin. Die Obamas sehen. Ich hätte nie gedacht, dass meine Kusine so nah bei Washington lebt. Als ich sie darauf ansprach, sagte sie nur: „Nicht D.C." Mist!

Nun ja, hier war es ja auch schön. Aber einsam. Sehr einsam. Der nächste Nachbar wohnte etliche Kilometer weiter den Hügel hinunter. Wenn man Glück hatte, kam im schneereichen Winter einmal am Tag ein Schneeschieber vorbei. Wenn nicht, dann wurde es schwierig mit den täglichen Einkäufen. Ohne Jeep mit Ketten ging dann gar nichts mehr.

Und was sich außerdem zum Sauerland unterschied: es gab hier keine gekennzeichneten

Spazier- und Wanderwege. Entweder man lief am Straßenrand oder querfeldein durch die Walachei. Amerikaner gehen wohl nicht spazieren, sie fahren lieber mit dem Auto. Meine Kusine erzählte mir, dass sie beim Gassi gehen mit ihrem Hund von vorbeifahrenden Autofahrern angesprochen wurde, ob sie Hilfe brauche, weil sie in der Wildnis zu Fuß unterwegs wäre. Ob es hier doch Gefahren gibt, die auf den ersten Blick nicht zu sehen sind?

Ich bin aber im Frühjahr gekommen. Ein frischer Wind weht mir um die Nase. Ganz allmählich nehmen die Wiesen eine grüne Farbe an, auch wenn es täglich noch kalte Schneeflocken schneit. Aber in der Mittagssonne taut die leichte Schneedecke und wärmt die ersten Knospen der Narzissen, Primeln und Schneeglöckchen. Ganz vorsichtig schicken diese zarten Knospen ihre Düfte übers Land, so als wollten sie den Frühling herbei sehnen. Ich bin neugierig auf das Haus. Die Außenwände des Holzhauses sind hellgrau gestrichen, die Fensterläden sind weiß und passen sehr gut in diese ländliche Gegend. Die benachbarte Garage ist fast genauso groß wie das eigentliche Wohnhaus, was bei Amerikanern selbstverständlich ist, da sie alle sehr große Autos fahren oder sogar zwei. Da ist eine Garage in XXL

Standard. Wenn das Wohnhaus außen schon so hübsch aussieht, wie wird es dann drinnen aussehen? Meine Kusine ist schon immer ein Freund von schöner Deko gewesen. Alles, was auf dem Fenstersims, im Vorgarten oder auf der Veranda zu sehen ist, ist handmade. Auswanderer aus Deutschland dekorieren ihr neues Zuhause gerne mit typisch deutschen Dingen, wahrscheinlich um das Heimweh zu lindern. So auch meine Kusine. Gartenzwerge zum Beispiel sind eindeutig deutsch. Die kann ich auf den ersten Blick aber gar nicht erblicken, dafür sehe ich hölzerne Leuchttürme im Fenster baumeln, Muscheln im weichen Nordseesand im Beet vor der Veranda, Möwen aus Keramik etc. Die erste Tür nach den zwei Stufen ist die Tür mit dem Fliegengitter und lächerlich kleinem Haken, an dem die Tür geschlossen werden kann. Danach kommt die eigentliche Eingangstür. Sie ist gemäß Deutscher Sicherheitsvorschriften jämmerlich. Aber wer will schon in so einer verlassenen Gegend einbrechen? Trotzdem gibt es in diesem Haus ein Jagdgewehr, um sich bei Gefahr verteidigen zu können. Sollte es hier vielleicht wilde Tiere wie Bären oder Wölfe geben? Die Grenze zu den kanadischen Wäldern ist ja nur einen Katzensprung, etwa 400 Kilometer, entfernt. Die Spuren im leichten Schnee deuten auf keine Gefahr hin. Hier haben sich lediglich kleine Vögel getummelt, um an die Meisenknödel zu kommen. Und dann betrete ich die Diele des Hauses. Ja, genauso habe ich mir dieses Haus vorgestellt. Mein erster Freund hatte in den 70-er und 80-er-Jahren jede Folge ´Bonanza´ und ´Winnetou´ Teil 1-3 im Fernsehen gesehen. Ihm zuliebe habe ich mit geschaut. Daher weiß ich, wie die amerikanischen Häuser aussehen. Alles ist aus Holz gebaut. Der Fußboden, die Decken, die Treppen, die Schränke, selbst eine Kaminattrappe. Meinen Koffer kann ich im Gästezimmer abstellen, das sie für mich hübsch hergerichtet haben. „Hier ist das Zimmer, in dem du am ungestörtesten bist", sagt meine Kusine. Ich weiß erst nicht, wie sie das meint. Hier ist es doch so ruhig und einsam, dass man von niemandem gestört werden kann. Selbst mein Handy bleibt still, denn es hat keinen Empfang in dieser Umgebung. Dafür muss ich es alle paar Stunden aufladen, weil die ständige Sucherei nach einem Empfang den Akku strapaziert. Irgendwann mache ich mein Handy einfach aus. Dann wollen mir die beiden das ganze Haus zeigen. Hinter der nächsten Tür befindet sich die große Wohnküche. Ein seltsamer Geruch steigt mir in die Nase. Es riecht penetrant modrig und bitter. Vielleicht wird hier mit anderen Gewürzen gekocht, denke ich mir.

Dann trete ich auf irgendetwas, das unter meinen Schuhen zerknackt. Ich sehe ein paar Marienkäfer, wie sie auf dem Boden krabbeln und sich vor mir in Sicherheit bringen wollen. Zwei von ihnen habe ich gerade zertreten. Und dann blicke ich aus dem Küchenfenster. Und kann gar nicht glauben, was ich da sehe. Mir bleibt vor Schreck der Mund offen. Nicht zehn oder zwanzig Marienkäfer laufen die Fensterscheiben auf und ab, nein tausende! Überall sind sie. Das Fenster ist schwarz von den Käfern. „Oh, nein", sagt meine Kusine. „Ich habe sie doch gerade erst alle weggesaugt. Jetzt sind sie schon wieder da." Und dann erst registriere ich, wo sie überall herum krabbeln. Im Spülbecken, auf der Lampe, auf den Stühlen, an den Wänden. Überall, wo ich hinschaue nur Marienkäfer. Meine Kusine hat in der Zwischenzeit ihren Staubsauger aus der Ecke des Zimmers geholt und beginnt, die Käfer alle aufzusaugen. „Die Amerikaner nennen sie Ladybugs oder Ladybirds, sie stehen in den USA unter Artenschutz." Nach zehn Minuten ist der Spuk vorbei und wir können unser Mittagessen zubereiten. Die lange Fahrt nach Waynesburg hat mich hungrig gemacht. Ich nehme Platz am großen Esstisch und will gerade den ersten Bissen in den Mund stecken, als von der Zimmerdecke eine Lady in mein Essen fällt. Im Essen angekommen zupft sie ihr rotes Kleidchen mit den schwarzen Pünktchen gerade und krabbelt dann zwischen Salat und Kartoffeln herum und nascht von meinem Teller. Jetzt hört der Spaß langsam auf, finde ich. „Einfach drauf treten", sagt meine Kusine. „Wir machen das auch so." Also gut. Tierschützer weggehört! Ich befördere den Käfer von meinem Teller auf den Teppich und trete ihn kaputt. Knack. Nach dem Knack folgt ein Quitsch, denn jetzt wehrt sich die Lady mit einem Abwehrverhalten. Sie furzt einen stinkenden braunen Tropfen auf den Boden, der mich vertreiben soll. Mittlerweile ist der Olf-Wert im Esszimmer von 10 Olf auf 50 Olf gestiegen. Es stinkt widerlich. In der Zwischenzeit haben sich auf dem Esstisch etwa fünfzig weitere Ladies über unser Essen hergemacht. Einige von ihnen sind in unsere Wassergläser gefallen und strampeln um ihr Leben. Statt ungestört zu essen, sind wir drei mittlerweile nur noch damit beschäftigt, die Marienkäfer vom Tisch zu fegen. Der Appetit ist mir vergangen. Wieder kommt der Staubsauger zum Einsatz. Von wegen Ladies. Spätestens jetzt weiß ich, woher der unangenehme Geruch im Haus stammt. Wahrscheinlich furzen sie alle gerade in unser Mittagessen, als Rache für den ständigen Staubsaugereinsatz. „Ich könnte jede halbe Stunde diese Prozedur wiederholen, es ändert nichts. Ich weiß nicht, woher diese vielen Käfer kommen", sagt meine Kusine resigniert. Als alle Marienkäfer weggesaugt sind, räumen wir den Tisch frei, spülen unsere Teller und Töpfe und machen danach einen kleinen Spaziergang durch den großen Garten, beziehungsweise durch eine wilde Wiese. Endlich frische Luft! In diesem Wildwuchs entdecke ich ein paar farbenfrohe Kolibris und bunte Singvögel, die es in Europa nicht gibt. Die unberührte Natur ist beeindruckend. Die Vögel sind guter Laune und tanzen ihre Balztänze.

Wir entscheiden spontan, dass wir mit dem Auto nach Washington fahren, um dort Kaffee zu trinken. Dieses Washington liegt knapp 25 Meilen entfernt und hat weniger als 16.000 Einwohner. Zum Vergleich: Washington D.C. hat 600.000 Einwohner. In einer Seitenstraße steuern wir auf ein hübsches Café zu, das im Victorianischen Stil gebaut ist und eine englische Gemütlichkeit ausstrahlt. Drinnen sitzen die Gäste auf weichen Sesseln und werden von der Inhaberin verwöhnt mit hausgemachten Kuchen und liebevoll dekoriertem Gebäck. Eine Wand des Cafés ist mit einem deckenhohen Regal versehen, auf dem etwa fünfzig verschiedene Kaffeetassen stehen. Jeder Gast darf sich seine Lieblingstasse aussuchen. Eine Tasse ist bemalt mit kleinen hellblauen Blüten, eine andere ist verziert mit einem Goldrand. Dann gibt es achteckige Tassen und verschnörkelte Objekte mit zarten Rosenmotiven. Es sind alles Sammlerstücke, die das Kaffeetrinken zu einem einzigartigen Vergnügen machen. Nachdem wir unsere Tassen ausgesucht und uns einen Fensterplatz ergattert haben, bemerke ich einen mir bekannten Geruch. Die positiven Eindrücke dieses Cafés haben mich so abgelenkt, dass ich gar nicht auf den Geruch geachtet habe. Eine Alarmglocke in meinem Kopf beginnt Sturm zu klingeln. Marienkäferalarm! Vorsichtig schaue ich unter dem Tisch nach und auch auf der Lampe und in den Ecken des Raumes. Aber ich kann keine Ladys entdecken. Fange ich schon an, paranoisch zu werden? Das kann doch nicht sein. Ich rieche sie doch, diese kleinen Biester. Ich habe mir diesen Geruch doch nicht falsch eingeprägt. Und siehe da. Ich werde belohnt. Ein einsamer Marienkäfer quält sich die Wände hoch. Nur einer? Wo sind denn seine Freunde? Hier auf jeden Fall nicht, denn ich habe den gesamten Raum abgesucht. Aber der penetrante Geruch ist mindestens 30 Olf stark. Das schafft kein einzelner Käfer. Ich könnte schwören, wenn ich durch die nächste Tür Richtung Küche gehen würde, würden sich Tausende von Käfern vor mir aufbauen und mir mit ihren Waffen beziehungsweise Pupsen zeigen, wer hier der Herr im Hause ist. Da habe ich aber im Moment keine Lust drauf, weil ich den leckeren Kuchen genießen will. Also forsche ich nicht länger nach, wo und wie viele Käfer sich verstecken, sondern genieße die angenehme Atmosphäre.

Aber irgendwann müssen wir wieder nach Hause. Ich möchte meinen Koffer noch auspacken. Der erste Schritt in den Flur ändert schlagartig mein Vorhaben. Eine Armee aus Marienkäfern hat das Haus in Beschlag genommen. Undenkbar, meinen Koffer auch nur einen Spalt zu öffnen. Hoffentlich krabbeln die Ladies nicht auch noch in meinem Bett herum. Die Hoffnung stirbt zuletzt. Und tatsächlich. Mein Zimmer scheint frei von Käfern zu sein. Naja, fast. Aber im Vergleich zu den Millionen Tierchen, sind die zwanzig Exemplare im Gästezimmer harmlos, ja fast schon freundlich. Ich traue mich am Abend sogar, die Augen zu schließen und zu schlafen. Als mir am frühen Morgen die Sonne ins Gesicht scheint, sehe ich doch ein paar Käfer in meinen Schuhen, auf der Bettdecke und sogar im Zahnputzbecher. Mir reicht´s. Diese kleinen Stinker gehen mir gehörig auf die Nerven. Ich beschließe, dass Marienkäfer von nun an nicht mehr zu meinen Freunden gehören. Aber ihren Geruch werde ich mein Leben lang nicht mehr vergessen können. Er hat sich in meinem Gehirn festgesetzt und warnt mich, sobald ein rotes Käferchen in meinem Zuhause auftaucht. Diesen Geruch werde ich immer mit Pennsylvania verbinden.

Marokko, Afrika

Ich wollte immer schon mal nach Marokko fahren und ein ´Märchen aus tausend und einer Nacht´ erleben. Betörende, exotische Gerüche einatmen, die Wärme der Wüstenstädte spüren und die farbenfrohen Gewänder der Afrikaner und die goldenen Kuppeln der Moscheen mit ihren faszinierenden Mosaiken sehen – all das stellte ich mir in meiner Phantasie vor. Das müsse wunderbar sein. Aladin, Sindbad und Ali Baba und die vierzig Räuber waren in meiner Vorstellung Wesen aus diesem Land. Orientalische Klänge wollte ich hören und mich verzaubern lassen von Afrika, wo ich aber um ein Haar alleine hätte hinfliegen müssen, weil sich in der Familie keiner traute, mitzukommen. Nur mein fünfzehn-jähriger Sohn sagte in letzter Minute doch noch zu, sodass wir zwei diese Reise planten und organisierten.

Jetzt sitzen wir im Flieger nach Agadir, eine Großstadt an der Atlantikküste Marokkos. Endlich! Mit zwölfstündiger Verspätung kann unser Flugzeug starten. Eigentlich sollten wir bereits um sechs Uhr in der Luft sein. Jetzt ist es sechs Uhr, aber abends. Ich weiß nicht, wie oft die muslimischen Männer ihren kleinen Gebetsteppich ausgerollt haben, um in einer ruhigen Ecke des Flughafengebäudes ihr Gebet zu sprechen. Die vielen kleinen Kinder sind völlig übermüdet und weinen sich in den Schlaf. Jetzt ist es ruhig im Flugzeug. Alle sind froh, dass es endlich nach Marokko geht. Die Fluggesellschaft hat sich bei den Passagieren mit einem Zwischenfrühstück und einem Mittagessen entschuldigt. Eine defekte Schraube vom Triebwerk unseres Flugzeugs musste erst noch besorgt und anschließend eingebaut werden. Die Flugzeit ist mit dreieinhalb Stunden angegeben. Das bedeutet, dass wir in der Abenddämmerung ankommen werden, sodass wir noch ein wenig von der Gegend sehen können. Unter uns ist der Flughafen von Agadir schon zu sehen. Das Fahrwerk ist ausgefahren, und wir setzen auf der Landebahn auf, um im gleichen Moment heftig durchgeschüttelt zu werden. Schlaglöcher über Schlaglöcher reihen sich aneinander. Hoffentlich hält das Flugzeug das aus. Die marokkanischen Passagiere bleiben gelassen. Sie kennen die Tücken der Landebahn und der Straßen. Nur die deutschen Urlauber geraten ins Schwitzen. Aber das Flugzeug übersteht die Tortur dank der neuen Schraube. Nachdem wir unsere Koffer in Empfang genommen haben, begeben wir uns zum Ausgang. Dort werden die Ankommenden in Gruppen aufgeteilt, je nach Reiseunternehmen.

Ich sehe unseren Bus, der uns zum Hotel bringen soll. Es steigen die ersten Urlauber ein. Und als wir dran sind, werden wir von der Reiseleitung aufgefordert, uns nach ´unserem´ privaten Shuttletaxi umzusehen. Das hätten wir gebucht. Mir ist das in dem Augenblick gar nicht mehr bewusst gewesen, dass wir einen Privattransfer gebucht haben. Aber gut. Wo steht das Taxi? Etwas abseits der vielen Busse sehen wir es. Oh! Da ist es. Was für ein Anblick. Ein uralter, verstaubter Mercedes-Benz. Natürlich ohne TÜV-Plakette. Dafür aber mit etlichen Stricken an der Beifahrertüre und der hinteren Tür. Die sollen gewährleisten, dass während der Fahrt die Türen nicht aufspringen und die Fahrgäste ungebremst hinausfallen. Die Reifen haben kein Profil, der Außenspiegel hängt schief an der verrosteten Halterung. Der Taxifahrer hält uns die einzige Tür auf, die noch funktioniert, und wir krabbeln auf den Rücksitz. Eine schmuddelig dreckige und von Motten zerfressene Wolldecke liegt auf dem durchgesessenen Sitz. Das seitliche Fenster ist herunter gekurbelt und kann nicht geschlossen werden. Der Griff fehlt. Aber das Auto springt an, und der Fahrer freut sich, uns zu unserem Hotel fahren zu dürfen. Erst jetzt bemerke ich den eigentümlichen, süßlich herben Geruch des

Marokkaners. Die Haut von Afrikanern riecht anders als die Haut der Europäer. Sie riecht nicht unangenehm, aber anders. Daran muss ich mich allerdings noch gewöhnen. Der Fahrer ist überaus freundlich, bestens gelaunt und gesprächig. Da unser Französisch nicht das allerbeste ist, sind wir froh, dass unser Fahrer etwas Deutsch kann. Er hat vor ein paar Jahren für ein paar Monate in Deutschland gewohnt. Nun kann er uns seinen Wortschatz beweisen. Er ist uns ein phantastischer Stadtführer und zeigt uns schon jetzt einige Sehenswürdigkeiten von Agadir. Viele sind das nicht, denn Agadir ist in den 1960er Jahren von einem schlimmen Erdbeben fast völlig zerstört worden. Die Umgebung des Flughafens ist, wie so häufig auf der Welt, hässlich und trostlos. Hier gibt es zwar kein Industriegebiet, dafür aber etliche zerfallene Häuser und marode Straßen, die uns einen ersten Eindruck von diesem Land vermitteln. Unsere Euphorie ist erst einmal dahin. Die Straßen sind staubig und ohne Asphalt, sodass uns durch das offene Fenster des Autos der heiße Staub ins Gesicht weht. Eine breite Straße ist gesäumt mit zerrupften Palmen. Das, was bei uns ein Bürgersteig ist, ist ein sandiger Trampelpfad, auf dem etliche junge Männer und Kinder barfuß laufen und ihre Esel antreiben. Die wackeligen Eselkarren holpern über den trockenen Boden und wirbeln den Sand auf. Mir bleibt die Sprache weg. Esel in der Stadt und Jungens, die ohne Schuhe unterwegs sind. Meine Fußsohlen wären nach kurzer Zeit schon blutig, wenn ich barfuß durch die Stadt gehen müsste. Nach etwa fünfzehn Minuten erreichen wir die Atlantikküste, wo sich die großen Hotels wie Perlenketten aneinander reihen. Auch unseres ist hier. Mittlerweile ist es stockfinster geworden. Von jetzt auf gleich, als hätte jemand einen Lichtschalter betätigt. Das Hotel ist wunderschön angestrahlt und macht einen luxuriösen Eindruck. Als wir aus dem Taxi steigen, empfängt uns der süßliche Duft eines fremden Gewächses. Ein wenig parfümiert, sehr süß, aber durchaus angenehm umschmeichelt er uns. In den Parkanlagen des Hotels sind duftende Mondscheinpflanzen wie Gemshorn, Levkojen und Engelstrompeten angepflanzt, die erst in den Abendstunden ihr Aroma verströmen. Es duftet nach Vanille, Zimt und Nelken. Fast wird mir schwindelig von diesen süßen Düften. Dieser Duft wirkt wie ein Opiat. Meine Euphorie wird wieder zum Leben erweckt. Unser netter Taxifahrer verabschiedet sich von uns mit einem herzlichen Händedruck, aber nicht ohne uns seine Visitenkarte mitzugeben. Er könne uns jederzeit mit seinem Auto herumfahren und uns alles zeigen. Der

Küchenchef hat den verspäteten Gästen aus Deutschland einen kleinen Nachtsnack im Restaurant bereit gestellt. Dann endlich beziehen wir unser Zimmer. Es hat einen großen Balkon mit Meerblick. Leider sehen wir wegen der Dunkelheit nichts mehr vom Meer, aber wir hören die Brandung des Atlantiks. Das Auf und Ab der Wellen, wenn sie sich am Strand brechen. In der Ferne der benachbarten Bucht leuchten große arabische Buchstaben auf einem Berg. So stelle ich mir den Schriftzug ´Hollywood´ in L.A. vor. Riesig und imposant. Die Buchstaben hier bedeuten: Allah/Alwatan/Almalik bzw. Gott-Vaterland- König. Spätestens jetzt wissen wir, dass wir nicht in Europa sind. Die arabischen Zeichen, die Esel in der Stadt - alles fremd und exotisch.

Wir lassen unsere Balkontür geöffnet, damit uns in der Nacht die Düfte der Engelstrompeten und der Levkojen mit der kühlen Brise des Atlantiks ins Zimmer wehen und uns süße Träume bescheren. Um kurz nach sechs werden wir unsanft geweckt von lauten Stimmen, Lachen und seltsamen Geräuschen. Ich stehe auf, um zu sehen, was draußen los ist. Und kann gar nicht glauben, was ich da gerade sehe. Am Strand spielen Scharen von einheimischen Kindern Fußball oder bauen

Menschenpyramiden. Aber das seltsamste sind die vielen Kamele am Strand, die frei herumlaufen. Und dann höre ich den Muezzin rufen, der die Muslime zum Gebet auffordert, sobald die Sonne aufgeht. Das ist heute um 6:48Uhr. Insgesamt ruft er fünfmal am Tag. Ich habe ja schon sehr viele Strandurlaube in Europa gemacht. Da steht kein einziger Jugendlicher vor elf Uhr auf. Auf jeden Fall nicht um sechs Uhr. Und dann noch freiwillig. Hier scheint es den Jugendlichen sogar Spaß zu machen. Sie sind fröhlich und ausgelassen. Mein Sohn steht mittlerweile neben mir und bestaunt dieses bunte Treiben so früh am Morgen. „Die sind doch verrückt!", ist sein Kommentar und legt sich wieder unter seine Bettdecke. Aber so richtig schlafen können wir beide nicht mehr. Also stehen wir auf, um uns am Frühstücksbuffet zu stärken. Hier finden wir alles, was uns schmeckt und satt macht. Unser Frühstück ist fürstlich. Wir können wählen zwischen süßem Gebäck, exotischen Konfitüren, duftendem Minztee und fremden Leckereien mit verlockendem Duft aus Ingwer, Zimt und Nüssen. Die Gäste kommen vorwiegend aus Frankreich, zumindest sprechen die meisten Französisch. Nach dem Frühstück geht es auf zur Erkundung des Hotelbereichs und der näheren Umgebung. Im Foyer steht ein großer kupferner Samowar, in dem rund um die Uhr heißer und süßer, marokkanischer Minztee zubereitet und kostenlos angeboten wird. Ein Marokkaner, gekleidet mit einem weißen, bodenlangen Kaftan und bunten Slippern, bedient die Hotelgäste. Auf dem Kopf hat er einen roten Fes mit einer schwarzen Quaste. Ganz wie in meinen Märchenbüchern. Er sitzt mit gekreuzten Beinen auf einem Teppich, raucht eine Wasserpfeife und strömt eine ansteckende Ruhe und Gelassenheit aus. Unser Geld können wir an der Rezeption in Marokkanische Dirham umtauschen. Rund um den Außenpool ist ein kleiner Basar aufgebaut. Junge Männer, Studenten aus der Hauptstadt, bieten uns ihre Produkte und Köstlichkeiten an. Es duftet intensiv nach einem extrem süßen Parfüm. „Das ist Amber. Ein kostbarer, bernsteinähnlicher Duftstein, den die Frauen als Parfüm benutzen." Wir können frisch geröstete Nüsse, Süßigkeiten oder auch bunte Tücher, Hennafarben oder Silberschmuck kaufen. Als Souvenir nehmen wir ein Stück Amber mit und ahnen da noch nicht, dass uns der Geruch nach wenigen Stunden mehr als unangenehm und aufdringlich wird.

Schon am gleichen Abend verbannen wir diesen Klumpen, eingewickelt in drei Plastikbeuteln, auf unserem Hotelbalkon. Später erfahren wir, dass dieser Duftklumpen künstlich hergestellt wurde und den ahnungslosen Touristen gerne angedreht wird.

Wir haben diesen Urlaub im August angetreten, da mein schulpflichtiger Sohn nur dann Zeit hatte. August in Marokko. Da muss man sich auf eine große Hitze einstellen. Hoffentlich bleiben die Temperaturen für uns erträglich. Wir betreten mit Badesachen und Strandtasche die Terrasse am Pool mit direktem Zugang zum Strand. Doch es ist alles andere als heiß. Nebel hat sich über den Strand gelegt. Wir können kaum das Wasser des Atlantiks sehen, so dicht ist er. Und es ist kühl. Nicht mal zwanzig Grad, sodass wir erst einmal unsere T-Shirts anlassen. Seenebel. Da hätten wir ja auch Urlaub an der Nordsee machen können, kommt mir in den Sinn. Dort ist es im Hochsommer selten wärmer als hier. Aber was hilft das Meckern. So sparen wir uns die Sonnencreme. Aber es riecht hier anders als an der Nordsee. Nicht so salzig wie die Algen und würzig wie der Tang, sondern eher nach Pferdeäpfeln und Kamelen. Gegen Mittag verziehen sich die letzten Nebelschwaden, und die Sonne setzt sich mit all ihrer Kraft durch. Jetzt wird es richtig heiß. So heiß, dass wir barfuß nicht mehr durch den Sand laufen können. Eigentlich wollten wir den Weg bis zum Wasser des Atlantiks gehen, um dort zu schwimmen. Etwa 100 Meter über den

Strand. Aber ohne Schuhe? Unmöglich! Dann entdecken wir mehrere Jugendliche, die ihre Kamele ins Wasser führen. Kaum stehen die Tiere im kühlen Nass, nehmen sie sich Zeit für eine ausgiebige Verdauung. Wie gut, dass wir nicht dort baden gegangen sind. Pferdeäpfel sind ja schon groß, aber Kameläpfel erst! Dampfend plumpsen sie ins Wasser und werden mit den nächsten Wellen großzügig auf dem Sand verteilt. Schwapp, schwapp. Aus dem Apfel wird Mus. Das Wasser färbt sich braun. Ich glaube, mir sind in dem Augenblick die Nordseequallen lieber. Die bleiben an Ort und Stelle und sind gut sichtbar. Jetzt ist uns klar, warum es hier am Strand nach Pferdemist und Kamelen und nicht nach Tang und Algen riecht. Wie gut, dass das Hotel einen Pool hat. Der ist schön sauber und sein Wasser mit Chlor gereinigt. Neben zahlreichen, bunt geschmückten und gesattelten Kamelen entdecken wir auch einige Araberhengste, die zum Reiten für die Touristen bereit stehen. Ihre Besitzer bedrängen uns Touristen im Minutentakt zu einem Ausritt. Wir entscheiden uns lieber für einen Ausflug nach Marrakesch. Im Bus. Der soll am nächsten Morgen um 5 Uhr 30 starten.

Wenn ich heute jemanden frage, der schon mal in Marrakesch gewesen ist, wie es dort riecht? Dann bekomme ich die Antwort: „ Nach Gewürzen." Aber das stimmt nicht. Hätte der Geruch in einem Reiseführer gestanden, wäre ich vielleicht nicht dorthin gefahren. Aber in welchem Reiseführer werden schon solche Nichtigkeiten erwähnt?!

Die etwa dreistündige Fahrt im klimatisierten Reisebus ist phantastisch. Während die Sonne hinter dem Atlasgebirge aufgeht, erstrahlen die hohen Berge in einem warmen, orangeroten Ocker. Über 4000m hoch reckt sich der schneebedeckte Gipfel Toubkal in den blauen Himmel. Große Arganbäume und uralte Korkeichen hinterlassen ein paar grüne Farbtupfer in der Landschaft. Am frühen Morgen tummeln sich schon zahlreiche Ziegen in diesen dornigen Bäumen, um sich an den Früchten satt zu fressen. Ein paar junge Hirten treiben ihre Esel vor sich her. Es ist einsam, still und so einzigartig, dass ich mich direkt in diese Landschaft verliebe. Wo mögen diese jungen Männer leben? Ich sehe nirgendwo Häuser oder Ortschaften. Ganz vereinzelt entdecke ich Lehmhütten, die sich die Nomaden in den Berg gebaut haben und ein Berberdorf, das einsam und verlassen aussieht. Ganz allmählich werden die Berge zu Hügeln, und es mehren sich Hütten und fensterlose Häuser. Wir nähern uns der Millionenstadt Marrakesch, eine der vier Königsstädte Marokkos. Der Bus macht halt auf einem großen Platz vor dem Stadttor. Dort stehen schon duzende andere Reisebusse. Die Türen öffnen sich und herein strömt der Geruch der Stadt. Marrakesch riecht nach heißem Metall und scharfem Ammoniak. Und nicht nur das. Urin und Kot von Kindern, Schafen und Ziegen, vielleicht auch von Erwachsenen, nehmen mir den Atem, sobald ich aus dem Bus aussteige. Der penetrante Gestank ist dermaßen übel, dass ich unwillkürlich meinen Pullover vor die Nase presse, um nicht kotzen zu müssen. Damit habe ich nicht gerechnet. Die Hitze ist um neun Uhr schon fast nicht mehr auszuhalten. Sie liegt wie Blei über der Stadt. Wir müssen zügig aus dem Bus aussteigen und uns mit unserem Stadtführer Richtung Altstadt, der Medina, begeben. Wer länger als zehn Minuten auf einer Stelle stehen bleibt, dem schmilzt der Asphalt unter den Füßen und die Schuhe kleben fest. Das Tagesprogramm sieht vor, dass die Gruppe nach dem Rundgang durch die Medina ein typisch marokkanisches Mittagessen einnehmen wird, um anschließend den berühmten Marktplatz Djemaa el Fna und die dahinter liegenden Souks zu besichtigen. Schon vor der Tour wurde den Teilnehmern gesagt, dass es in Marrakesch nicht erlaubt sei, leicht bekleidet Moscheen, die

Universität oder andere öffentliche Gebäude zu betreten. Achseln, Knie und Dekolleté müssen bedeckt sein. Auch ist es nicht erlaubt, die Einheimischen zu fotografieren, es sei denn, sie erlauben es ausdrücklich oder verlangen dafür Bakschisch. Der Islam verbietet die bildliche Darstellung von Menschen und Tieren. Auf das Mittagessen sind wir schon gespannt. In den engen, heißen Gassen müssen wir aufpassen, dass wir in der Gruppe zusammen bleiben und uns nicht verlaufen. Auch hinter unserer Gruppe läuft ein einheimischer Aufpasser, der uns alle im Auge behält. In einer schmalen Gasse hängt in einem offenen Fenster kopfüber ein gerade geschlachtetes Schaf. Die Hinterläufe sind mit einem dicken Strick am Haken befestigt. Das Fell ist noch nicht abgezogen. Hier arbeitet der Metzger. Das Blut des Schafes tropft aus der Schlagader in eine Blechschüssel, die darunter steht und schon mit reichlich dampfendem Blut gefüllt ist. In der Gasse stinkt es erbärmlich. Streunende, abgemagerte Katzen und herrenlose Hunde in geduckter Stellung schleichen um das tote Tier. Jeder will ein Stück abbekommen. Ringsherum kreisen hunderte von grün schillernden und lärmenden Schmeißfliegen, sowohl im Blut als auch an dem leblosen Kadaver. Mir wird ganz schlecht bei dem Anblick. Kühlhäuser scheint es wohl nicht zu geben. Alles, was am Tag geschlachtet worden ist, muss in den nächsten zwei Tagen verkauft und verzehrt werden, denn auch Tiefkühltruhen sind hier unbekannt.

Unser Fremdenführer führt unsere Gruppe ein paar Häuser weiter bis zu einem Teppichgeschäft. Wir werden gebeten, dort einzutreten und bis ins Hintere des Geschäftes durchzugehen, um dann eine Treppe bis ins dritte Geschoss hinaufzulaufen. Auf jeder Etage befinden sich die Teppichhändler mit ihren kostbaren, handgeknüpften Teppichen. Die Luft wird immer stickiger, je weiter wir nach oben kommen. Als wir schließlich die letzte Etage erreicht haben, dürfen wir Platz nehmen in einem dunklen Raum mit vielen Sitzkissen auf dem Boden. Wir sind in unserem Restaurant angekommen und werden mit einem freundlichen ´Salam alaikum´ begrüßt. Ein paar Tische mit Kerzen und Salatschüsseln sind bereits eingedeckt für unser Essen. Wir können uns nichts von einer Speisekarte auswählen, sondern müssen das essen, was die marokkanische Küche dieses Restaurants uns anbietet. Zwei freundliche Männer mit langen, weißen Kaftanen bringen schon nach wenigen Minuten in ihren dampfenden Schmortöpfen einen Fleischeintopf, Tajine. Es duftet nach herzhaftem

Gulasch, so wie ich ihn zubereiten würde mit Zwiebeln, Knoblauch und Gemüse. Aber ich schmecke auch ein exotisches Gewürz heraus, das ich nicht kenne. Hoffentlich bekommt die Küche nicht die Fleischlieferung des benachbarten Metzgers, denke ich. Mein Sohn und ich sprechen uns gegenseitig Mut zu und beschließen, die Tajine zu essen. Immerhin ist alles heiß gegart. Wir wollen nicht unhöflich sein und probieren vorsichtig die einzelnen Bestandteile des Eintopfes. Bei den Fleischstücken sind wir besonders vorsichtig und skeptisch. Aber mutig, wie wir sind, schlucken wir sie herunter. Nach dem Essen wird süßer Minztee gereicht. Wir haben es geschafft. Die Belohnung ist ein grandioser Blick von der Dachterrasse des Restaurants auf die Altstadt Marrakeschs, die wir nach dem Essen betreten dürfen. Hier oben weht ein ganz leichter Wind herauf, der uns die Hitze der Medina für eine kurze Zeit vergessen lässt. Die angenehmen Gerüche des Marktes vermischen sich mit dem Wind und entfalten hier oben ihr Aroma. Der Muezzin ruft zum Gebet. Hier oben gibt es zum Glück auch eine Toilette. Beziehungsweise hinter der defekten Holztür eine Öffnung im Boden für seine Notdurft. Fliegen und Ungeziefer inklusive, aber kein Toilettenpapier. Ein stechend süßer Geruch aus der Klööffnung schlägt mir ins Gesicht.

Bloß nichts anfassen, denke ich. Da ich so eine Toilette noch nie gesehen beziehungsweise benutzt habe, probiere ich mich so zu stellen, dass meine Füße links und rechts neben dem Loch sind, um mich dann in gehockter Stellung über dem Loch zu erleichtern. Das ist gar nicht so einfach, wie man denkt. Wohin mit meiner Umhängetasche? Wie machen das wohl alte Frauen? Die Treffsicherheit des Urinstrahls ist dafür verantwortlich wie trocken man wieder aus der Toilette heraus kommt. Wie gut, dass es so heiß ist. Da trocknet alles in Minutenschnelle. Aber der Geruch bleibt. Leider. Nachdem die gesamte Gruppe einmal diese Erfahrung gemacht hat, begeben wir uns mit unserem Stadtführer auf den berühmten Marktplatz Djemaa el Fna. Der Platz der Geköpften. Dieser Platz, so sagt man, sei die Lunge der Stadt. Um die Uhrzeit rasselt diese Lunge bereits. Die Vielfalt der Gerüche ist kaum zu beschreiben. Es ist ein Geruchscocktail aus scharfem Ammoniak, heißem blankgescheuerten Messing, Urin, Leder und mittendrin Gewürzen und Früchten. Es scheint, als wären diese Gerüche im staubtrockenen Boden verewigt.

In der prallen Mittagssonne sitzt auf einem Schemel mitten auf dem Platz der einheimische Zahnarzt und behandelt gerade einen alten Mann, der sich von ihm mit einer rostigen Zange einen seiner letzten Zähne ziehen lassen muss. Natürlich ohne Assistentin oder Betäubung. Die Zähne des Arztes hätten ebenso eine Generalüberholung mehr als verdient. Ich weiß gar nicht mehr, ob der Zahnarzt einen weißen Kittel trug? Aber ich glaube es eigentlich nicht. Warum auch? Hygiene ist in Marrakesch ein Fremdwort und wird nur von uns Europäern überbewertet. Ein paar Meter weiter spielt ein Marokkaner auf einer Flöte. Vor ihm schlängelt sich eine Schlange aus dem Korb heraus und zeigt uns mit zischenden Lauten ihre Zunge. Kein Zuschauer hat den Mut, sich die angeblich zahme Schlange um den Hals zu legen, obwohl ihr Besitzer allen sehr gut zuredet. Und dann betreten wir die Souks. Hier werden wir von unseren zwei Fremdenführern noch einmal eindringlich darauf hingewiesen, dass die Gruppe zusammen bleiben soll. Keiner solle vom Weg abkommen, da man sich ohne einen Ortsansässigen verlaufen würde. In den Souks lauern Gefahren an allen Ecken. Von Taschendieben über Betrügern und nicht zu vergessen der unerträglichen Hitze, die so manchen Urlauber kollabieren lässt.

Wir betreten ein Labyrinth aus engen Gassen, das mit Tüchern oder Pappen überspannt ist, um die Sonne draußen zu lassen. Die Hitze ist trotzdem unerträglich. Hier sitzen Männer, Frauen, ganze Familien auf dem Steinboden und leben auf knappen acht bis zehn Quadratmetern, Seite an Seite in ihren kleinen Behausungen, lediglich durch Stoffe oder Kisten abgetrennt. Es ist Arbeitsplatz und Wohnung in einem. Während der Familienvater oder der älteste Sohn den Kunden seine Ware anpreist, wird in einer dreckigen Schüssel über offenem Feuer das Mittagessen für die Familie gekocht. Es gibt gekochten Schafskopf mit Reis. Der abgetrennte Kopf brodelt und dampft schon in einer undefinierbaren Brühe. Direkt daneben hockt ein Kleinkind neben der Feuerstelle und macht Pipi auf den Boden.

In der einen Gasse sitzen die Gerberfamilien. Dort wird rohes Leder nach dem Gerben zu Schuhen und Taschen verarbeitet. Der Gerberberuf hat einen sehr schlechten Ruf. Die Gerber gelten als unrein, denn sie arbeiten mit faulenden Tierhäuten und giftigen Chemikalien. Bottich für Bottich reihen sich die riesigen Gefäße aneinander, gefüllt mit einer milchigen, stinkenden Flüssigkeit, in der die Berber kniehoch stehen und auf den Tierhäuten stampfen bis die Haarbüschel sich lösen und die Felle in den nächsten Bottich gelangen können. Das wird so lange wiederholt bis sich die stinkende, faulende Haut in wohlriechendes haltbares Leder verwandelt. Wir biegen nach rechts ab. Unser Aufpasser läuft immer dicht hinter uns. Einmal beobachten wir, wie er im Gedränge abtaucht und in einer ganz anderen Gasse verschwindet, um plötzlich wie aus dem Nichts am Kopf der Gruppe wieder aufzutauchen. Dann wieder ist er hinter uns. Er sammelt alle Trödler wieder ein, die das Tempo nicht einhalten können.

In einer anderen, noch schmaleren Gasse wohnen die Färber. Dort werden sowohl die Leder als auch Stoffe und Schafswolle gefärbt. In großen Kesseln wird die Naturwolle im Farbsud aus Safran, Indigo oder Purpur gekocht. Zum Trocknen werden die Wollbündel auf einer Leine über der Gasse aufgehängt. Mal führen die Gassen ins Helle auf kleine Marktplätze, dann durch Torbögen hindurch wieder ins Dunkle. So interessant es auch hier sein mag, wir sind froh, wenn wir so schnell wie möglich weiter gehen können, denn es stinkt hier erbärmlich und die Händler sind teilweise sehr aufdringlich. Wir tun so desinteressiert wie möglich, damit wir voran kommen. Die Menschenmassen, die sich durch diese engen Gassen schieben, sind überwiegend Touristen, die nur schauen, aber nicht kaufen wollen. Wie können die armen Marokkaner diesen Gestank ihr Leben lang ertragen? In der nächsten Gasse werden

Kupfergefäße hergestellt und behämmert. Heiße Metalldämpfe und Lärm kündigen die Metallhändler an. Mit einem Amboss wird das Kupferblech zu Schmuck oder Gefäßen verarbeitet. Ein ohrenbetäubender Krach, denn es sind mindestens dreißig Händler, die zur gleichen Zeit den Amboss schwingen. Mittendrin kleine Kinder, barfuß, abgemagerte Hunde und Ziegen. Mich überkommt ein Gefühl der Scham, als ich diese Lebensverhältnisse sehe, in denen diese Menschen wohnen. Aber komischerweise sehe ich nur gelassene und fröhliche Gesichter. Diese Menschen sind mit ihrem Leben zufrieden. So sieht es jedenfalls aus. Sie locken uns Touristen in ihre ´Geschäfte´, damit wir ihnen etwas abkaufen. „Come in and have a look. I´ll make you a good price." Ich sehe, dass sich aus unserer Gruppe ein Ehepaar entschieden hat, diesen armen Menschen etwas abzukaufen. Nun geht es ans Feilschen um den Preis. Uns wurde gesagt, dass man auf keinen Fall den erst genannten Preis zahlen solle. Das wäre unhöflich. Das Feilschen gehöre zum Kauf dazu. Bis zu fünfzig Prozent Rabatt könne man so verhandeln. Ich schaue gerne bei diesem Ritual zu, aber selber kaufen möchte ich nichts. Das müsste ich bei der Hitze ja auch noch bis zum Bus schleppen. Es ist schon eine gute Stunde vorbei, als wir von den engen Gängen der Souks endlich in einen Bereich gelangen, wo es größer, luftiger und nicht mehr so unangenehm laut und stinkend ist. Aber auch hier gibt es kein Tageslicht, sondern nur vereinzelt Lampen. Reichhaltig getürmte Berge von Stoffen, Teppichen, Gürtel, Schuhe liegen auf dem Boden. Kaftans, Gewürze und Trommeln hängen von der Decke herab. Eine fröhliche Jahrmarktsstimmung herrscht hier. Ich halte meine Handtasche noch ein wenig fester unter meinem Arm, denn hier umzingeln uns zahlreiche Jugendliche, die uns zum Kaufen drängen. Wir schielen nur auf die Waren, um nicht angesprochen zu werden und gehen zügig weiter. Tausende bunte Tücher, Kaftans in allen Farben, Lederslipper, Silberschmuck und vieles mehr werden kilometerweit angeboten. Ein nicht enden wollendes Labyrinth. Ohne Fremdenführer würden wir den Ausgang nicht mehr wieder finden. Als wir endlich alles gesehen haben und wohlbehalten die Souks verlassen, sind wir völlig erschlagen und kraftlos.

Der Besichtigungstag endet mit einem Besuch bei einem Apotheker. Sein Geschäft liegt in der Medina, unweit der Koranschule Medersa, die wir uns natürlich auch noch ansehen werden. Der Apotheker ist ein alter Mann und trägt einen weißen Kittel. Er begrüßt die Touristengruppe freundlich und lässt uns eintreten in den vergleichsweise kühlen Verkaufsraum seiner Apotheke. Hier sind im Halbkreis zwanzig Stühle aufgestellt. Er hat uns erwartet. Natürlich. Was in Marrakesch ein Apotheker ist, ist in Europa vergleichbar mit einem Heilpraktiker oder besser noch, einem Drogisten, denn wir sehen in seiner Apotheke nur Gefäße mit getrockneten Kräutern, Salben, Ölen und Wunderessenzen für alle möglichen Beschwerden. Alles aus natürlichen Dingen hergestellt, nichts Chemisches. Hier riecht es gut, gesund, sauber. Die vier Wände sind bis unter die Decke mit Regalen versehen, auf denen sich große Schraubgläser mit diversen Kräutern stapeln. Das Angebot reicht von Blütenölen, Sekreten und Harzen über Cremes, Seifen, Puder oder Riechsalzen. So sahen früher vor fünfzig Jahren auch unsere Apotheken aus. In einem Regal sehen wir verschlossene Glasbehälter mit in Äther eingelegten Tierkrallen und Schildkrötenpanzern. Wir werden vom Apotheker gefragt, ob jemand eine verstopfte Nase habe. Es melden sich einige Verschnupfte, auch mein Sohn. Der Apotheker füllt einige schwarze Kügelchen in ein Tuch, schnürt dieses zusammen, und dann bekommt jeder dieses unter die Nase gehalten. „Bitte jetzt tief einatmen!"

Alle atmen brav ein. „Und?" Ein ´Aah´ und ´Ooh´ geht durch die Gruppe. Sensationell, alle bekommen wieder Luft. Ein Wunderheiler! Nun wollen alle Gesunden auch diesen Test machen. Ich atme tief ein, und für fünf Sekunden bleibt mir und allen anderen die Luft weg, so scharf sind diese Kügelchen, aber dann wirken sie. Wir sind beeindruckt. Wer mag, kann sich auch für weniges Geld an Ort und Stelle massieren lassen. Aus Zeitgründen müssen wir leider ablehnen.

Gesund und froh gelaunt verlassen wir den Ort und besichtigen anschließend die ehemalige Hochschule für Koranschüler, die Koranschule Medersa Ben Youssef. Ein architektonisches Prachtexemplar aus dem 14.Jahrhundert. Für uns Europäer der krönende Abschluss dieses Tages. Endlich umgibt uns wieder Sauberkeit, Ruhe und Ordnung. Die friedliche Stimmung und die Seelenruhe am Wasserbecken im Innenbereich der Koranschule tun gut nach diesem anstrengenden Tag. In den Gärten vor dem Gebäude wachsen hunderte Orangen- und Zitronenbäumchen. Ihre reifen Früchte hängen an den Zweigen und verströmen einen wunderbaren Duft. Hier ist das Paradies, so scheint es uns. Kunstvoll verzierte Schnitzereien aus Zedernholz am mächtigen Portal, wundervolle Mosaikarbeiten und ein Fußboden aus Carrara-

Marmor sind atemberaubend schön, wie aus einem ´Märchen von Tausend und einer Nacht´. 136 kleine, spärlich eingerichtete Zimmer in den oberen Etagen des Gebäudes dienten den Schülern als Unterkunft. Essen und Unterkunft wurden vom Staat finanziert. Kochen mussten die Schüler aber selber. Als Bett diente ein kleiner Teppich auf dem Steinboden. Es gab keinen Strom und natürlich kein Telefon oder Computer. Wenn es abends dunkel wurde, war Schlafenszeit. Wie bescheiden diese jungen Männer gewesen waren, denken wir. Ganz anders das Leben unserer Studenten heute.

Die Rückfahrt zu unserem Hotel in Agadir verläuft sehr ruhig. Alle Insassen sind müde und müssen ihre Eindrücke und das Erlebte verarbeiten. Was für eine fremde Welt. Jetzt, wo die Gerüche nicht mehr in der Nase sind, kann ich mich an all die Einzelheiten der Tour erinnern und anfangen, das Erlebte als angenehm zu empfinden. Diese große Lebendigkeit in der Stadt hat mich sehr beeindruckt.

Wie lange braucht es, bis man merkt, dass man sich seinen Magen verdorben hat? Zwei bis drei Stunden nach dem Essen, habe ich gelernt. Als wir nach drei Stunden im Hotel angekommen sind und uns schlafen legen wollen, grummelt es bei uns dermaßen im Bauch, dass wir jeweils gefühlte zwei Stunden auf dem Klo sitzen. Das Mittagessen ist schuld. Es war wohl doch der Metzger aus der engen Gasse mit dem geschlachteten Schaf im Fenster, der das Fleisch ins Restaurant geliefert hat. Für unseren empfindlichen Magen ist das fremde Essen ungewohnt. In der Nacht kommen noch heftige Magenkrämpfe und Fieber dazu. So haben wir uns den Ausflug nicht vorgestellt. Zum Glück müssen wir keinen einheimischen Arzt aufsuchen. Vorbereitet, wie wir sind, haben wir einen ganzen Koffer mit Medikamenten von zu Hause mitgenommen. Etwas gegen Fieber und Durchfall sollte reichen. Die frische Nachtluft wird uns hoffentlich schnell wieder auf die Beine bringen. Also machen wir unsere Balkontür auf. Das hätten wir besser nicht getan. Wir haben vergessen, dass auf dem Boden der dreifach verpackte Klumpen Amber liegt. Jetzt schlägt uns dieser penetrante, süße Geruch ungebremst ins Gesicht, was zur Folge hat, dass mein Sohn seinen Brechreiz nicht mehr zurück halten kann. Er schafft es gerade noch rechtzeitig zur Toilette. Sein limbisches System im Gehirn schlägt Alarm. Zur Erinnerung: schlechte Gerüche können körperliche Funktionen, wie Übelkeit auslösen. Ich kann mich noch zurückhalten, aber auch mir ist kotzelend. Am nächsten Morgen geht es uns etwas besser. Während mein Sohn den Tag noch im Bett verbringt, erhole ich mich im Liegestuhl am Strand, morgens im kühlen Nebel, später am Tag im Glutofen Afrikas. Kneippkur mal ganz anders. Am Abreisetag verpassen wir um ein Haar unseren Flieger. Der Grund ist kaum zu glauben. Wir sind pünktlich vom Reiseveranstalter zum Flughafen gebracht worden und sind gerade dabei, unsere Koffer aufzugeben. Da sehe ich, dass etliche ausreisende Marokkaner Schwierigkeiten bei den Formularen haben. Ihnen wird durch das Flughafenpersonal bei den Formalitäten zur Ausreise nach Deutschland geholfen. Während wir deutschen Urlauber das Land visumfrei bereisen dürfen, gilt das umgekehrt nicht für Marokkaner. Erst jetzt fällt mir ein, was ich über die Zahl der Analphabeten in Marokko gelesen habe. Es gibt 48% Analphabeten, die über vierzehn Jahre alt sind. Mir scheint, als würden nur diese Menschen eine Reise nach Deutschland antreten wollen. Geduldig wird jeder Fall am Schalter entgegen genommen und bearbeitet. Das dauert. Als wir an der Reihe sind, den Koffer abzugeben und die Bordkarte in Empfang zu nehmen, wird unser Flieger bereits aufgerufen. Da haben wir noch nicht die Sicherheitsschleuse passiert. Spätestens jetzt bekommen wir Schweißausbrüche, weil wir nicht wissen, ob wir unser Flugzeug noch rechtzeitig erreichen. Im Dauerlauf hechten wir die langen Gänge bis zum Gate entlang und erreichen mit erhöhtem Pulsschlag den Flieger. Geschafft. Erst jetzt stellt sich heraus, dass auf jeden einzelnen Gast gewartet wird. Wir hätten uns diesen Stress und die Panik sparen können. Inshallah. So Gott will. Da fällt mir ein Begrüßungsschild ein, dass es vor Jahren am Hafenanleger auf der Nordseeinsel Wangerooge gab:

„Gott schuf die Zeit. Von Eile hat er nichts gesagt."

Mit zweistündiger Verspätung fliegen wir ab.

Manhattan, New York City, USA

Meine nächste Reise in die Vereinigten Staaten von Amerika soll nach New York gehen. Nach New York City im Staat New York an der Ostküste der USA. Ein Visum brauche ich nicht schon Wochen vorher zu beantragen. Das kann ich von zu Hause aus am Computer über das ESTA-Formular erledigen. Online wird mir dann binnen weniger Stunden die Genehmigung zur Einreise erlaubt, es sei denn, ich habe Dreck am Stecken. Was ich aber nicht glaube. Im Flugzeug werden zusätzlich noch weiße und grüne Ein- bzw. Ausreiseanträge an die Passagiere verteilt und während des Fluges ausgefüllt, dann von den Stewardessen eingesammelt und den zuständigen Zollbehörden bei der Landung ausgehändigt. Mit gepacktem Koffer fahre ich zum Frankfurter Flughafen. Ich habe einen Direktflug mit Delta-Airlines gewählt. Wegen der starken Sicherheitskontrollen nach 9/11 im Jahr 2001 muss ich bereits drei Stunden vor dem Abflug am Flughafen sein. Nachdem ich mich bereits mächtig im Flughafengebäude verlaufen habe - ich habe ein I mit einer 1 verwechselt- sehe ich endlich den Bereich, wo die Koffer aufgegeben werden. Kaum stehe ich in der Schlange, nähert sich eine Flughafenangestellte, die mir Fragen stellen will bezüglich des Zweckes der Reise etc. Diese Angestellte ist schwarzhäutig, übergewichtig und hat brutal schlechte Laune. Das merke ich sofort. Sie hat so etwas Generalstabsmäßiges an sich. Urlauber, die vor mir schon das Vergnügen mit ihr hatten, erlaubten sich ein paar spaßige Antworten und wurden mit einem Blick gestraft, der einem das Blut in den Adern gefrieren lässt. Ein penetranter Schweißgeruch, gepaart mit dem süßlichen Geruch der Haut von Afrikanern, umgibt sie und ihre Umgebung. Scheint nicht ihr Traumjob zu sein, denke ich. Die Befragung geht folgendermaßen.

„Wie ist Ihr Name?" Ich antworte brav und hole gleichzeitig meinen Reisepass aus der Tasche heraus. *„Wo haben Sie diesen Koffer gepackt?"* „Zuhause, wo sonst." *„Hat Ihnen jemand beim Kofferpacken geholfen? Wenn ja, wer?"* „Nein." *„Waren Sie alleine im Raum, als Sie Ihren Koffer verschlossen haben?"* „Ja, wieso fragen Sie." *„Ist Ihnen bekannt, dass Sie Ihren Koffer nicht abschließen dürfen?"* Als ich antworte, dass ich ihn natürlich abgeschlossen habe, damit nichts herausfällt, wird der General sehr ungehalten. *„Sie glauben wohl, ich mache das hier zum Spaß? Bitte antworten Sie auf meine Fragen mit einem klaren ja oder nein und lassen Sie mich meine Arbeit machen.*

Wir möchten schließlich noch rechtzeitig fertig werden. Schauen Sie nur, wie viele Leute ich noch befragen muss. Haben Sie Ihren Koffer auch nur für eine Minute aus den Augen gelassen zwischen dem Verschließen und jetzt?" „Ich habe ihn immer alleine um mich herum gehabt. Es war ja keiner dabei." An diesem Punkt denke ich, ich kann ihr doch das Blaue vom Himmel vorlügen. Wie will sie mir denn nachweisen, dass ich doch nicht alleine beim Packen war? Also warum diese blöden Fragen? *„Wohin genau reisen Sie und warum? Nennen Sie mir Ihre genaue Adresse in New York."* Langsam werde ich nervös. Mir fällt die Adresse nicht spontan ein. Vielleicht ist es genau das! Wenn ich nervös werde, mache ich mich verdächtig. Und schwupps bin ich terrorverdächtig oder so. Psychologische Tricks. Ich muss nachgucken, wie das Hotel heißt und wo es sich befindet. Das kostet wieder wertvolle Zeit. *„Wie lange ist Ihr Aufenthalt in den USA? Fliegen Sie beruflich oder privat?"* Endlich ist sie mit meinen Antworten zufrieden und lässt mich einchecken. Erneut muss ich meinen Reisepass zücken. Jetzt sind es nur noch zwei Stunden bis zum Bording. Aber ich bin ja auch noch nicht durch die Sicherheitsschleuse gegangen. Die kommt jetzt. Gürtel ablegen, ebenso Ringe, Schmuck, Armbanduhr und Schuhe. Alles, was piepsen kann, also was metallisch ist, kommt auf das Laufband. Von hier an laufen alle auf Socken, mal mit, mal ohne Löcher, mal schick, mal nicht so. Langsam mischt sich in den normalen Flughafenmief auch noch der Gestank von Schweißfüßen und dem Angstschweiß von denjenigen, die Flugangst haben. Das Handgepäck wird ganz besonders intensiv durchleuchtet und begutachtet. Die Menschen aber auch. An dieser Sicherheitsschleuse arbeiten Angestellte, die alle miese Laune haben. Ich kann froh sein, dass ich meine Schuhe wieder bekomme, denn die haben gepiepst. Irgendwann endlich haben wir es geschafft und können in unser Flugzeug nach New York City einsteigen. Die Flugdauer beträgt etwa acht Stunden. Je nach Wetter. Am J.F. Kennedy-Airport werden wir landen. Wie es von dort aus weiter in die Stadt geht, habe ich mir noch nicht überlegt. Entweder mit einem Hotel-Shuttle Bus oder einem gelben Taxi. Aber erst einmal muss ich da sein. Viele deutsche Touristen sind mit mir an Bord, die sich genau wie ich, die Stadt anschauen wollen. Am Flughafen müssen wir natürlich wieder durch die Kontrollen. Die sind um noch einiges strenger als in Frankfurt. Hier werden von allen Passagieren Fingerabdrücke genommen und die Augen eingescannt. Ich fühle mich wie ein

Verbrecher, dabei will ich doch nur Urlaub machen. Dann müssen wir die gleichen Fragen wieder beantworten. Diesmal aber auf Englisch. Das ist für einige Passagiere eine große Herausforderung, da sie gar nicht verstehen, was sie gefragt worden sind. Es ist auch kein Übersetzer in Sicht. Also müssen wir Touristen uns gegenseitig helfen. Schweißgebadet und eingeschüchtert kann schließlich jeder das Flughafengebäude verlassen und sich auf seinen Weg in die Stadt machen. Ich wähle den Cityexpress-Bus, der alle möglichen Hotels in Manhattan anfährt. Dem Fahrer ist mein Hotel bekannt und nimmt mich mit. In der 46th Street West befindet sich mein Hotel. Das ist in der Nähe des berühmten Times Square. Das Mittelklasse-Hotel sieht von außen sehr edel aus. Ein Gebäude aus dem 19.Jahrhundert, geschmückt mit Erkern und Säulen an der zweifarbigen Fassade. Die Eingangshalle ist mit Orientteppichen ausgelegt, die allerdings leicht nach feuchter Wolle und modrig riechen. Alles in allem wirkt der Eingangsbereich etwas altbacken und muffig. Ein ständiges Gehen und Kommen von Hotelgästen zeigt mir, dass ich im Jetzt und Hier bin und nicht im vorletzten Jahrhundert. Mein Zimmer befindet sich in der vierten Etage. Einen Aufzug gibt es nicht. Im engen Flur vor meinem Zimmer steht ein

Plastikeimer, in den Wassertropfen von der Decke tropfen. Der Teppich hat sich bereits dunkel verfärbt von der Feuchtigkeit und muffelt nach nasser Wolle und Staub. Der Eimer ist schon gut gefüllt. Ich mache einen vorsichtigen Schritt zu meiner Zimmertür. Hier drinnen scheint auf den ersten Blick alles trocken zu sein. Nach gründlicher Inspektion ist es auch auf den zweiten Blick trocken. Eigentlich bin ich nach zehnstündiger Anreise hundemüde, aber hier hat der Tag erst begonnen. Die Zeitverschiebung beträgt sechs Stunden. Es ist 12 Uhr Mittag. An der Rezeption besorge ich mir eine Straßenkarte von Manhattan, lasse mir sagen, wann und wo es morgens ein Frühstück im Hotel gibt und wie ich Tickets für die Hop-on Hop-off Busse bekomme. Gut vorbereitet betrete ich die Straßen New Yorks und erkunde die nähere Umgebung meines Hotels. Das Wetter ist vielversprechend. Die warme Augustsonne wärmt nicht nur mich, sondern auch die engen Straßen. Ich weiß, dass ich mir Häuser, Reklametafeln, Kreuzungen und markante Gegenden gut merken muss, damit ich mich nicht verlaufe. Es ist ja keiner bei mir, den ich fragen könnte. Aber New York macht es mir in dieser Hinsicht leicht. Die Straßen sind schachbrettartig angeordnet und werden vom Süden aus durchnummeriert. Die senkrechten

Straßen sind die Avenues, die waagerechten Streets sind in west und east eingeteilt. Der Broadway ist die einzige Nord-Süd-Avenue, die diagonal verläuft. Sie trennt West und Ost. Also alles ganz einfach. Ich kenne wirklich sehr viele Großstädte. Aber keine ist vergleichbar mit New York. So viel Müll auf den Straßen und Bürgersteigen habe ich noch nie gesehen. Und entsprechend ist auch der Gestank. Kein Haushalt besitzt eine Mülltonne. Lediglich die großen Luxushotels und Firmen haben ihre Müllcontainer, die von den staatlich organisierten Müllabfuhren geleert werden. Der private Dreck wird von etwa zwanzig privaten Mülldiensten abgeholt. Und das jeden Tag. Jeder Haushalt kann sich seine eigene Firma aussuchen. Alles wird in schwarze, blaue oder weiße Plastikmüllsäcke gestopft und auf die Straßen gestellt, beziehungsweise auf den Bürgersteig geschmissen. Manche Müllsäcke sind dermaßen prall gefüllt, dass sie platzen und der Wind den Dreck meterweit durch die Umgebung und zwischen die parkenden Autos weht. Zu dem Müllgestank gesellt sich außerdem der Geruch der Kanalisation, die in New York äußerst marode ist und von ganzen Rattenhorden bevölkert wird. Wie gut, dass sich dieses Leben unter der Straße abspielt. Hier oben gibt es genug zu sehen. Je weiter ich vom Times

Square aus nach Süden Richtung Wallstreet gehe, desto mehr Müll gibt es. Das liegt wahrscheinlich daran, dass die Stadtviertel Chinatown oder Little Italy im Süden besonders viele Fast-Food Restaurants haben, in denen große Mengen an Plastikgeschirr anfallen und entsorgt werden müssen. In keiner anderen mir bekannten Stadt gibt es so viele Hot-Dog-Stände oder Coffee-to-Go-Buden an der Straße wie hier. Die kleinen bunten Sonnenschirme über den Ständen sieht man schon von weitem. Überall kann ich mir dieses Fast Food kaufen und mit einem Kaffee oder Limonade auf der Hand durch die Stadt schlendern. Danach werden die dreckigen Pappteller und –becher weggeschmissen. Ich bin froh, dass ich ein Hotel ausgewählt habe, in dem ich frühstücken kann. Das ist in New York nicht selbstverständlich, denn hier nimmt sich kaum jemand die Zeit für ein ausgiebiges, gemütliches Frühstück. Die ersten Eindrücke sind erst einmal genug für heute. Ich begebe mich zu meinem Hotel und will den Schlaf nachholen. Der Jetlag macht sich bemerkbar. Es ist gerade erst 23 Uhr 30, als ich von einem Höllenlärm geweckt werde. Ich stehe auf und gucke aus dem Fenster, um zu sehen, was auf der Straße los ist. Ein gigantisch großer Mülltruck fährt schnaufend und dampfend mit großem Getöse in die Straße, macht halt vor unserem Hotel und sammelt die schwarzen Müllsäcke ein. Ein Hupen und Schimpfen von wartenden Autos dahinter verstärkt die Geräusche der Nacht. Die Müllmänner schreien den ungeduldigen Autofahrern ein paar Kommentare zu und werfen Müllsack für Müllsack in den Schlund des Trucks. Ich sehe von hier oben, dass nicht alle Häuser der Straße von diesem Monstertruck angefahren werden. Etliche Müllsäcke bleiben liegen. Knapp eine viertel Stunde später kommt wieder ein riesiger Mülltruck vorbei und kümmert sich um andere Müllberge. Insgesamt sind jede Nacht zwischen 23 Uhr und 7 Uhr morgens einhundert Mülltrucks in New York unterwegs und beseitigen Tag für Tag 50.000t Abfall. Das kann und muss alles in der Nacht geschehen, da um diese Uhrzeit der Betrieb auf den Straßen nicht so groß ist wie am Tag. Es gibt dennoch zahlreiche Staus, vor allem da, wo die Nachtclubs und Bars Hochbetrieb haben oder die Theater ihre Veranstaltungen haben. So richtig leer sind die Straßen hier nie. Zwischendurch heulen die lauten Sirenen der Feuerwehr und Polizei. Durch die vielen engen Straßen werden die Schallwellen dieser Rettungsfahrzeuge wie ein Flummi hin und her geworfen. Die ganze Nacht über hört man das Heulen der Sirenen. Ein Großstadtlärm der

Extraklasse. Würde man hier je einen Vogel zwitschern hören? Der Central Park ist nicht weit entfernt. Ich werde in den nächsten Tagen einmal darauf achten. Jetzt probiere ich erst einmal zu schlafen und die Stadtgeräusche zu ignorieren.

Am Morgen freue ich mich auf ein leckeres Frühstück. Ich gehe die Treppen des Hotels hinunter bis zum Keller. Dort befindet sich der Frühstücksraum. Was mir direkt auffällt, ist, dass es überall im Hotel Fernsehapparate gibt, die rund um die Uhr Nachrichten aus New York City oder der ganzen Welt senden. Der Sender NBC News liegt direkt um die Ecke. In Schaufenstergröße können die Passanten das Weltgeschehen live mit verfolgen. In meinem kleinen Frühstücksraum hängen allein drei Fernseher an den Wänden. Zum Glück mit demselben Sender. Alle Hungrigen schauen nur auf die Mattscheiben während des Frühstückens. Das Frühstück ist in Form eines Buffets aufgebaut. Es gibt süße Croissants, Weißbrot, Donuts. Fertig. Kein Vollkornbrot, keine leckeren Brötchen, kein Toastbrot, kein gekochtes Ei. Dafür aber knatsch süße Marmelade. Auch sehe ich keinen Käse oder Wurst. Nur süßer Kram. Ach ja, und Kaffee. An jeder Ecke ein Kaffeeautomat, an dem man sich selbst bedienen kann. Eine Servicekraft sehe ich auch nicht. Die Hotelgäste müssen ihre Plastikteller, Plastiktassen und ihr Besteck selber wegräumen. Beziehungsweise in die blauen Müllsäcke werfen. Da für etwa dreihundert Hotelgäste nur zwanzig Stühle im Frühstücksraum stehen, setzen sich die meisten Gäste auf den Boden, die Treppe oder auf den Schoß des Freundes, wenn sie zu zweit da sind. Aber immer noch besser als ein Frühstück im Stehen auf der Straße, denke ich, wo ich mir die Finger am heißen Kaffee im Pappbecher verbrennen kann. Die Nachrichtenprogramme lenken vom Buffet ab und lassen mich vergessen, was ich gerade esse. Ich lausche der Moderatorin und versuche, dieses amerikanische Englisch zu verstehen. Ein Mord im Central Park in der vergangenen Nacht wird gerade verkündet und eine Messerattacke in der Bronx. Na super. Während es im Jahr 1990 noch einen Spitzenwert von Mordfällen in New York gab, nämlich 2245 Morde, gibt es im Jahr 2014 nur noch 328 Morde. Das ist ja geradezu wenig. Pro Tag nur ein Mord! Ich bin nicht ängstlich. Nie gewesen. Aber ich bin wachsam, wenn ich alleine im Ausland bin.

Nach dem Frühstück mache ich mich zur Erkundungstour durch Manhattan auf den Weg. Auf der Straßenkarte sieht die Distanz zwischen Times Square und dem Pier 15 so aus, als brauche ich etwa drei Stunden zu Fuß für diese Strecke. Ohne Abstecher oder Zwischenstopps. Das Wetter ist traumhaft schön. Die warme Sonne macht gute Laune. Also los. 46th Street, 39th Street, 27th Street, 18th Street, 1st Street beziehungsweise Houston Street. Ich bin unten angekommen, im Lower Manhattan. Von hier an wird nicht mehr durchnummeriert. Wie lange habe ich gebraucht? Sagenhafte vierzig Minuten. So klein ist New York, denke ich. Südlich der Houston Street befindet sich die große Canal Street. Ich stehe mitten in Chinatown. Alle Häuser haben ihre typischen Feuerleitern an den Fassaden kleben. Es geht von einem Balkon über die Feuerleiter zum nächsten Balkon in der darüber liegenden Etage. Zickzack, hin und her. Die bunten Reklameschilder über den Geschäften sind alle auf Chinesisch geschrieben. Auf dem Marktplatz tummeln sich Touristen, und lästige Straßenhändler mit ihren gefälschten Markenklamotten und Handtaschen von Gucci über Nike oder Chanel gehen mir gehörig auf die Nerven. Bei der Hausnummer 139 entdecke ich ein kleines Büro, beziehungsweise eine schmuddelige rot lackierte Tür mit einem kleinen Fenster, aus dem Fahrtenkarten für einen Bus nach Boston angeboten und verkauft werden. Mit bunt grellen Neonröhren wird in chinesischer Schrift um das kleine Fenster, aus dem ein waschechter Chinese heraus guckt, ausführlich über die Fahrt informiert. Zum Glück auch in Englisch. Die Fahrt wird nicht mit dem schicken, eleganten Greyhound Bus gemacht, sondern ein chinesischer Reisebus Fung-Wah wird die Fahrt übernehmen. Abfahrt ist gegenüber von diesem Fenster auf der anderen Straßenseite. Der angeschlagene Preis nach Boston ist kaum zu glauben. Der Fung-Wah Bus soll pro Person lediglich 15$ nach Boston kosten. Für viereinhalb Stunden Fahrt. Das Angebot kann ich mir nicht entgehen lassen. Eine lange Reihe von Menschen, die auch eine Fahrkarte kaufen wollen, steht bereits vor dem Schalter. Es sind ausnahmslos Chinesen und Afrikaner, die geduldig warten bis sie dran sind. Ich kaufe für den folgenden Tag eine Hinfahrkarte ab 7:00 Uhr und eine Rückfahrkarte für den gleichen Tag. Wenn ich schon mal an der Ostküste der USA bin, dann will ich mir auch Boston anschauen. Wenn ich geahnt hätte, was am folgenden Tag auf mich zukommt, hätte ich lieber die Finger von dieser Reise gelassen. Aber das habe ich erst später gewusst.

Jetzt muss ich anfangen, zu planen. Wie komme ich morgen früh am besten nach Chinatown? Zu Fuß habe ich jetzt etwa fünfundvierzig Minuten vom Hotel aus gebraucht. Dann müsste ich also vor sechs Uhr losgehen. Puh, das ist früh. Frühstück gibt es um die Uhrzeit noch nicht. Das müsste ich also schon heute Abend vorbereiten und einpacken. Ich könnte ein Taxi nehmen. Aber das ist sicher teuer. Ich entscheide mich für den Linienbus. Der hält nicht weit vom Hotel entfernt und fährt bis zur Canal Street. Dann habe ich noch etwa einen Kilometer Fußmarsch vor mir bis ich zum buddhistischen Temple Mahayana komme. Dort ist die Haltestelle des Fung-Wah Busses. Der Linienbus benötigt siebzehn Minuten. Alle fünf Minuten fährt die Linie N und Q. Dann noch zehn Minuten zu Fuß. Für mich steht der Plan fest. Ich werde um kurz nach sechs den Bus bis nach Chinatown nehmen. Gesagt, getan.

Die New Yorker sind unglaublich nett und hilfsbereit. Wenn ich nur fünf Minuten auf meine Straßenkarte schaue, um mich zu orientieren, werde ich schon angesprochen. „Kann ich Ihnen weiterhelfen? Wo wollen Sie denn hin?" Und dann fangen sie an, mich zu fragen, wo ich herkomme, wie lange ich bleibe usw. Sie sind sehr kontaktfreudig. Als ich die Bushaltestelle erreicht habe, stehen schon einige andere Passagiere dort und warten auf den Bus. Ich muss beim Fahrer einsteigen, weil ich noch keinen Fahrschein habe.

Das Geld habe ich schon in der Hand, damit es zügig geht beim Einsteigen. Womit ich aber nicht gerechnet habe, der Busfahrer nimmt keine Dollarscheine an. Die einfache Fahrt soll 2,75$ kosten. Er will Münzen, ausschließlich Münzen. Ein paar wenige Cents habe ich dabei, aber ich bekomme keine zwei Dollar zusammen. Langsam bekomme ich Schweißausbrüche, denn der schwarze Busfahrer hat die Tür bereits geschlossen und wartet auf mein Kleingeld, was ich aber nicht habe. In dem Augenblick kommt eine Amerikanerin mit afrikanischem Aussehen zu mir und hilft mir beim Restgeld. Sie schenkt mir einfach die fehlenden Cents. Ich könnte ihr um den Hals fallen, so glücklich bin ich. Jetzt steht meinem Ausflug nach Boston nichts mehr im Weg. An der Endhaltestelle auf der Canal Street steige ich aus und muss noch quer durch das Viertel der Chinesen. Die Spuren der letzten Nacht liegen noch überall auf der Straße und den Bürgersteigen. Obdachlose, Trunkenbolde, Müllberge soweit das Auge reicht. Ein Gestank nach verdorbenem Essen, Unrat und jede Menge finstere Gestalten, die wahrscheinlich ein geschärftes Messer unter ihrer Jacke halten, um auf Beute zu gehen. Bin ich vielleicht doch zu leichtsinnig gewesen, mich so alleine auf den Weg zu machen? Gerade passiere ich ein typisch chinesisches Restaurant, das im Schaufenster ein zur Hälfte mit Wasser gefülltes Aquarium mit lebenden Krebsen und Langusten stehen hat. Der Rand des Beckens ist mit schlierigen grünen Algen verschmiert. Die Tiere sind so eng in dem viel zu kleinen Becken eingequetscht, dass sie sich kaum bewegen können. Die Wasserqualität ist wahrscheinlich seit vielen Jahren nicht mehr geprüft worden oder noch nie. Eine grüne, undurchsichtige, faulende Brühe. Ekelig. In diesem Lokal würde ich nie im Leben Fisch oder Krebse essen. An der Außenfassade des Restaurants läuft ein Rinnsal dreckigen Wassers heraus. Möglicherweise kommt es aus dem Fischbecken oder aus den Toiletten? Hier stinkt es erbärmlich nach vergammeltem Fisch, Urin und ranzigem Fett. Ich beschleunige meinen Schritt. Da ich gut in der Zeit bin, nutze ich schnell noch einen Abstecher in den größten Honkong Supermarkt der Stadt, um auf Toilette zu gehen. In New York haben die meisten Geschäfte vierundzwanzig Stunden rund um die Uhr geöffnet. So auch dieser Supermarkt. Beim Eintreten merke ich schon: dieser Supermarkt ist ein Geschäft der Superlative und hat Dimensionen, die ich mir vorher nicht ausgemalt habe. Ein normaler Supermarkt, wie ich ihn kenne, würde hier etwa zehnmal reinpassen.

Hier gibt es lebende Frösche und Kröten, gehäutete Schlangen, Vogelnester, gerupftes Federvieh oder undefinierbare Fleischbrocken zu kaufen. Alle Waren sind chinesisch beschriftet. Die Temperatur in diesem Markt ist mehr als frisch. Um diese Uhrzeit sind schon zahlreiche alte Frauen unterwegs und tätigen ihre Einkäufe. Mit einem bangen Blick auf meine Uhr frage ich mich zu den Toiletten durch. Auf dem Weg dahin bekomme ich es richtig mit der Angst zu tun. Hinter einer tonnenschweren Stahltür gelange ich in eine riesige Lagerhalle. Hier stapeln sich tausende Kartons mit Waren. Die Tür fällt krachend hinter mir zu. Ich sehe keine Menschenseele. Hinter etlichen Winkeln und Ecken entdecke ich dann eine kaputte Holztüre. Dahinter verbirgt sich eine Toilette, beziehungsweise ein Dreckloch ohne Klopapier und Waschbecken. Ein Gestank aus Pisse und Kotze dringt mir in die Nase. Hinter der geschlossenen Tür höre ich jede Menge unheimliche Geräusche und Schritte, die näher kommen, sich wieder entfernen, lautes Fluchen und Hundegebell. Ich muss so schnell wie möglich hier wieder raus, sonst bin ich das nächste Opfer des Tages. Dieser Leichtsinn muss ein Ende haben, sage ich mir. Da habe ich noch nicht geahnt, dass der Tag noch weit mehr Risiken verbirgt als mir lieb ist.

Zum Glück erreiche ich rechtzeitig die Haltestelle des Fung-Wah Busses. Meine Fahrkarte habe ich griffbereit. Ich habe einen Sitz- und Fensterplatz in der letzten Reihe bekommen. Alle anderen Plätze sind bereits belegt mit Menschen, die anscheinend täglich zwischen New York und Boston pendeln. Der Bus füllt sich rasch. Jeder Passagier, außer mir, hat etliche Koffer, Taschen, Käfige oder Wasserkästen mit. Es würde mich nicht wundern, wenn in den Käfigen Hühner transportiert werden. Aber die Käfige sind mit dreckigen Stofflappen behängt. Ich kann kein Gackern hören. Alles kommt in den Bus, bis der sich unter der Last biegt. Der Mittelgang ist vollgestellt mit allem, was die Passagiere nicht unter oder über ihre Sitze stopfen können. Dem Fahrer scheint das egal zu sein. Er ist klein, untersetzt, sehr schweigsam mit schmalen Augen, wie das bei Chinesen so ist. Hin und wieder drängt er zur Eile, denn er möchte pünktlich losfahren. Mir kommt es vor, als säße ich in einem Bus in Indien, wo auch außen auf dem Dach die Menschen hocken, um mitgenommen zu werden. So schlimm ist es hier zwar nicht, aber innerhalb weniger Minuten ist die Luft so stickig und unangenehm, dass ich mir meinen Pullover vor die Nase halte, als Filter gegen den Mief. Die kleinen, schmalen Kippfenster klemmen und lassen sich nicht öffnen.

Die versprochene Klimaanlage taugt auch nichts. Sie ist kaputt. Ebenso die Toilette. Man hätte sowieso den Weg bis dahin nicht gehen können wegen der vielen Taschen und Koffer im Gang. Gut, dass ich vorher noch im Hongkong Markt war! Eingeklemmt wie eine Ölsardine und schwitzend trete ich die Reise nach Boston an. Die ersten Passagiere packen ihre geschmierten Brote und Thermokannen aus und krümeln sich und den Bus in wenigen Minuten voll. Der Geruch wird immer unangenehmer. Um kurz nach sieben setzt sich der Bus mit einem Krächzen und Stöhnen in Bewegung, erst einmal über die Manhattan-Bridge, raus aus der Stadt, Richtung Norden vorbei an dem größten katholischen Friedhof der USA, Calvary Cemetery. In der Ferne sehe ich ein Kreuz neben dem anderen auf dem hügeligen Gelände. Dreimillionen Grabsteine, wie eine eigene Kleinstadt bestehend nur aus Gräbern. Es sieht gruselig aus. Irgendwann gelangen wir auf die Interstate 95, eine Schnellstraße, die an der Küste entlang durch mehrere US-Staaten nach Boston führt. Nachdem wir den Staat New York verlassen haben, gelangen wir nach Connecticut, dann geht es durch Rhode Island bis nach Massachusetts. Nach zweistündiger Fahrt hält unser schweigsamer Busfahrer auf einem kleinen Parkplatz vor New Haven an. Pinkelpause.

Wir und er können unsere Beine für dreißig Minuten vertreten. Und Frischluft tanken. Mit meinem Brot in der Handtasche steige ich aus und sehe eigentlich nur durch Zufall die Reifen des Busses. Sie sind völlig blank, haben überhaupt kein Profil, und der Bus liegt leicht nach rechts gebeugt in Schräglage, obwohl jetzt alle Passagiere draußen sind. Ist die Achse gebrochen? Was für eine Schrottkarre, denke ich. Hoffentlich schaffen wir es ohne Zwischenfälle bis nach Boston? Mit angehaltenem Atem wegen der Angst und des Gestanks überstehe ich die restlichen zwei Stunden. Wir erreichen unser Ziel in einem Busbahnhof von Boston. Geschafft.

Boston in sechs Stunden kennenzulernen ist fast unmöglich. Hinzu kommt, dass es wie aus Kübeln schüttet. Einen Schirm habe ich natürlich im Hotelzimmer liegen lassen. Mit dieser miesen Stimmung mache ich mich auf den Weg zu einer Sightseeing-Tour. In einer Seitenstraße entdecke ich seltsame Busse, die als Amphibienfahrzeuge eine Hafen- und Stadtrundfahrt anbieten. Die Boston-Duck-Tour. Eine super Idee für die kurze Zeit und das schlechte Wetter. Die Duck-Busse sehen hinten aus wie normale Busse und vorne wie ein Schiff. Die Fahrt soll eineinhalb Stunden dauern und den stolzen Preis von umgerechnet achtunddreißig Euro kosten. Erst geht es eine knappe Stunde durch die Stadt, wobei der lustige Fahrer seine Gäste ständig dazu animiert, wie eine Ente zu quaken, wenn wir an einem strategischen Punkt der Tour sind oder Touristen den Weg kreuzen. Wie eine La-Ola-Welle hüpfen wir von unseren Sitzen und quaken. Weil das alle mitmachen, beginnt es schon nach ein paar Minuten Spaß zu machen. Boston ist die größte Stadt Neuenglands und hat weniger als 670.000 Einwohner, das entspricht der Einwohnerzahl von Düsseldorf. Das Stadtbild ist nicht vergleichbar mit New York. Hier ist alles viel schicker, vornehmer und reicher. Und vor allem sauberer. Aushängeschild für die Stadt sind die Harvard University und die technische Hochschule MIT in Cambridge, einem Vorort von Boston. Gerade fahren wir am Museum of Science vorbei. „Quak, quak." Das Prudential Center naht. „Quak, quak." Das New England Aquarium ist das nächste Ziel. „Quak, quak." Der Fahrer hat seinen Spaß an uns. So ganz vornehm wirkt die Stadt durch uns Touristen schon längst nicht mehr. Was für Freaks, denken sich bestimmt die Einwohner. Wo sie recht haben.

Irgendwann ist die Rundreise beendet und der Boston-Tag neigt sich dem Ende. Um 19:00 Uhr soll der Fung-Wah Bus mich nach New York bringen. Wieso habe ich geglaubt, dass der Zustand des Busses auf der Hinfahrt eine Ausnahme sei, was die Verkehrstauglichkeit anbelangt. Bei dem sensationell niedrigen Preis muss es ja einen Haken geben. Das wird mir klar, als ich den Bus sehe, der jetzt vor mir steht. Mit einem Stoßgebet zur höheren Macht steige ich ein. Wieder ist der Bus bis unters Dach gefüllt mit chinesischen Wanderarbeitern und ihrem Inventar. Die meisten schlafen während der Fahrt. Ich habe keine Ahnung, welcher Arbeit sie in Boston nachgehen, aber ihre Kleidung ist ölig verschmiert und steht vor Dreck. Das einzige, was ich höre, ist das Rascheln des Butterbrotpapiers, das sich die Hungrigen aus ihrer Tasche kramen. Und dann überschwemmt uns wieder der Duft der großen weiten Welt. Zwiebeln, Knoblauch, Motoröl und Schweiß. Erneut sind zwei Stunden Fahrt bis zur Pinkelpause angesetzt. Danach geht es ohne Zwischenstopp bis New York, Canal Street. Unser Bus hat überlebt, wir Passagiere auch. Und das ist keine Selbstverständlichkeit, wie ich später aus zahlreichen Berichten zu diesem Busunternehmen erfahre. Mittlerweile gibt es diesen Veranstalter nicht mehr. Zahlreiche Unfälle, bei denen die Busse umkippten und es Tote und Verletzte gab, sind erwähnt worden. Oder brennende Busse, die ein Verkehrschaos in der Stadt hinterließen. Manch ein Busfahrer ist nach so einem Brand geflüchtet und wurde nie wieder gesehen.

Mittlerweile ist es 23:30 Uhr. Ich steige aus dem Bus und bekomme es im gleichen Moment mit der Angst zu tun. Warum? Wie steht es in jedem Reiseführer von New York geschrieben? *Bitte gehen Sie abends nicht alleine durch die Straßen. Meiden Sie einsame Parks und kriminelle Stadtviertel*. Es ist stockfinster. Heute früh waren schon seltsame Figuren unterwegs, aber jetzt? Mit einem mulmigen Gefühl im Bauch unterdrücke ich meine Angst und gehe zügig durch Chinatown Richtung Bushaltestelle. Meine Handtasche halte ich krampfhaft fest unter meinem Arm. An jeder Ecke, vor jedem Restaurant oder Imbiss werde ich angesprochen von Menschen, die mich überreden wollen, bei ihnen einzukehren. Ein wildes Gehupe von Autos, die im Stau stehen, dröhnende Sirenen von Rettungsdiensten oder der Polizei und Müllberge aus schwarzen Plastiktüten, machen diesen Stadtteil bei Nacht sehr unsympathisch. Einen Schrei würde niemand bei dem Lärm hören. Vor lauter bunter und greller Reklametafeln bekomme ich gar nicht mit, dass ich mich im Rotlichtmilieu befinde. Hier ist es richtig fies. Vor so manchem Etablissement stehen dicke Autos von Zuhältern. Drinnen sitzen bärtige Chinesen, die ihre Mädchen im Auge behalten. Da ich anscheinend nicht in ihr Beuteschema passe, ich bin wohl zu alt, komme ich unbeschadet aus dieser Straße wieder heraus. In Boston habe ich bereits Münzgeld zurück behalten für die Rückfahrt im Linienbus. Diesen Stress werde ich gleich also nicht wieder haben. Endlich ist die Haltestelle zu sehen und der Bus kommt pünktlich. Ich steige ein, bezahle und stelle fest, dass ich der einzige Fahrgast bin. Das alleine ist schon unheimlich, vor allem, weil ringsherum so ein Menschengewühl ist. Und dann schaut mich der Fahrer andauernd durch den Rückspiegel an. Wie leicht könnte ich sein Opfer sein. Langsam werde ich neurotisch, so scheint mir. Nie wieder werde ich so leichtsinnig sein wie heute, nehme ich mir vor, falls ich jemals ankommen sollte. Ich komme gut an. Mein Schutzengel hat gute Arbeit geleistet. Beim Frühstück am nächsten Morgen verkündet die Nachrichtensprecherin lediglich einen Raubüberfall in der Bronx und eine Messerstecherei in Soho mit mehreren Verletzten. Sonst war alles ruhig. Na bitte. Nicht mal ein Mord. Ist doch gar nicht so schlimm in New York.

Ein Kontrastprogramm steht heute auf meinem Programm. Der Central Park ist nicht weit entfernt von meinem Hotel. Ob er wirklich so groß und grün ist, wie alle behaupten? Ich habe gelesen, dass der Park vier Kilometer lang ist und sogar einen Zoo hat. In diesem Zoo wurde der Film ´Madagaskar´ gedreht. Der Central Park ist größer als das Fürstentum Monaco. Das muss ich glauben, denn in Monaco war ich noch nicht. Für Fußgänger gibt es fast 95 Kilometer Spazierwege. Also nichts wie hin. Vor dem Park stehen etliche Kutschen, mit denen die Besucher den Central Park ganz gemütlich besichtigen können. Ich laufe lieber zu Fuß und staune über die Vielfältigkeit dieses Parks, der ursprünglich als Promenade vor den Hotels gebaut wurde. Das berühmteste Hotel ist wohl das Plaza, gefolgt vom Luxushotel Marriott Essex und dem Trump-Tower. Umzingelt von diesen Gebäuden und zahlreichen Museen liegt der Park idyllisch und verträumt den Giganten zu Füßen. Es gibt zahlreiche Seen, einzigartige Brücken, die allesamt Unikate sind, Spielplätze, Theaterbühnen, Bootshäuser und vieles mehr. Mütter mit kleinen Kindern und Jogger kreuzen meine Wege. Hier höre ich tatsächlich Singvögel zwitschern und Enten quaken. Und auch der fiese Geruch der Straßen ist verschwunden. Verschluckt von den großen

Laubbäumen und riesigen Rhododendren, die die Spazierwege säumen. Es duftet nach frischem Waldboden und feuchten Blättern. Was für eine Wohltat für meine Nase. Wälder und Wiesen, Hügel und Grasflächen mit duzenden Sonnenanbetern wechseln sich ab. Der Schatten unter den großen Buchen tut bei der sommerlichen Hitze gut. Kaum zu glauben, dass es in diesem Park mitten in einer Millionenstadt so ruhig und friedlich zugeht. Auch der Autolärm ist nicht zu hören. Eine Besonderheit sind die Laternen. Falls ich mich im Park verlaufen würde, wären die Laternen meine letzte Hoffnung, wieder aus dem Labyrinth der Wege heraus zu kommen. Jede Laterne besitzt eine vierstellige Zahl. Die ersten zwei Ziffern sagen die Höhe der nächsten Straße an. Der Park beginnt an der 59th Straße und endet an der 110th Straße. Die letzte Ziffer zeigt an, ob der Standort eher östlich oder westlich ist. Bei westlicher Seite ist es eine ungerade Zahl. Gut zu wissen.

Nachdem ich mich ausgiebig im Central Park umgeschaut habe, steige ich in den Bus und lasse mich bis zum Pier am Battery Park in Manhattan fahren. Das ist ganz im Süden. Hier legt stündlich die Staten Island Ferry ab, um Pendler nach Brooklyn zu bringen. An diesem Pier haben sich zahlreiche Angler mit ihren Campingstühlen niedergelassen, um Fische zu angeln. Manch ein Angler hat auch schon diverse Fische im Eimer neben sich. Ich staune nicht schlecht, hätte ich doch vermutet, dass es hier wegen der vielen Schiffe keine Fische zu fangen gibt. Hier kann es nur eine Sorte Fisch geben: Ölsardinen. Denn das Wasser des East River hat einen leichten Ölfilm auf der Oberfläche. Es scheint eiskalt zu sein. Der Wind bläst mächtig frisch und riecht nach dem Motoröl der Tanker. Die Staten Island Fähre befördert ihre Passagiere kostenlos von einer Seite des East River zur anderen. Die Überfahrt dauert etwa 25 Minuten. Jetzt in der Mittagszeit ist die Fähre leer. Die Pendler nutzen sie hauptsächlich in den frühen Morgenstunden, wenn sie zur Arbeit fahren oder am Nachmittag, wenn sie wieder nach Hause wollen. Ich bleibe an Deck und lasse mir den frischen Wind um die Nase wehen. Vom Wasser aus macht New York auf mich einen ganz anderen Eindruck, als wenn ich durch die Straßen schlendere. Die Skyline Manhattans ist imposant und unglaublich faszinierend wegen ihrer zahlreichen berühmten Wolkenkratzer, wie zum Beispiel das Empire State Building, das One World Trade Center oder das Daimler Chrysler Gebäude. Zwischendrin umkreisen Helikopter die Häuser und Buchten, fliegen über die Brooklyn Bridge, umkreisen ´Lady Liberty´ auf Liberty Island und setzen zur Landung an, um neue Fluggäste aufzusammeln. Als es mit der Fähre auf Ellis Island zugeht und ich an der Freiheitsstatue vorbeikomme, denke ich unwillkürlich: hier ist er, der Duft der großen weiten Welt.

Nirgendswo auf meinen Reisen habe ich dieses Freiheitsgefühl mehr gespürt als hier. Hier riecht es förmlich nach Geld, nach Macht, nach unbegrenzten Möglichkeiten. Zahlreiche Luxusliner liegen vor Anker. Der Finanzdistrikt ist mit der Wall Street nicht weit entfernt. Das UNO-Hauptquartier, Hauptsitz der Vereinten Nationen, liegt direkt am Ufer des East River. Diese beeindruckende Kulisse hat tatsächlich etwas mit dem Duft der großen weiten Welt zu tun. Man riecht ihn nicht, aber man spürt ihn.

Insel Gozo, Malta

Die Insel Gozo ist die kleine Schwesterinsel von Malta und unterscheidet sich von ihr durch eine vergleichsweise üppige Vegetation, die es auf Malta nicht gibt. Gozo liegt im Mittelmeer zwischen Sizilien und Afrika. Grob. Warum ich Gozo und nicht Malta für einen Urlaub ausgewählt habe, liegt daran, dass mir ein Hotel im Katalog besonders gefallen hat. Es befindet sich im Dorf Sannat, im Süden der Insel, am Rand einer Steilklippe. Sannat hat weniger als 2000 Einwohner. Viele Häuser stehen leer, weil die Menschen nach Malta ausgewandert sind. Auf Gozo gibt es nur wenig Arbeit für sie. Die Klippen vom Ta´ Ċenċ Gebiet, wie es hier heißt, sind 130 Meter hoch und stürzen fast senkrecht ins Mittelmeer. Hier ist die Landschaft noch teils wild und urwüchsig, teils lieblich verspielt und im frühen Sommer übersät mit duftenden und blühenden Wiesen. Und das ist der typische Geruch von Gozo. Sehr angenehme 50 Olfs vergebe ich hier. Es riecht nach zarten Blüten, die dicht am felsigen Boden wachsen und ganz scheu ihren Duft verströmen. Auf Gozo ist der Tourismus eher gering und verschont die Insel mit großen Hotels. Ganz anders Malta. Die Insel Gozo ist kleiner als Sylt, hat aber doppelt so viele Einwohner, nämlich 31.000

Malteser. Eine große Besonderheit von Malta ist die Anzahl ihrer Kirchen. Es gibt genau 365 Kirchen. Für jeden Tag eine, so sagt man. Seit dem Jahr 1814 stehen die Insel Gozo und Malta unter britischer Herrschaft, deshalb auch der Linksverkehr auf den Straßen. Die Hauptstadt Rabat heißt seitdem Victoria. Wegen der britischen Königin. Seit 2004 ist Malta Mitglied der Europäischen Union.

Um nach Gozo zu gelangen, empfiehlt es sich, mit dem Flieger nach Malta zu fliegen, dort in einen Bus zu steigen, der einen zum Hafen Ċirkewwa an die Nordwestküste Maltas bringt. Das dauert etwa sechzig Minuten. Dort wartet eine Autofähre, die Gozo Channel Line, die alle fünfundvierzig Minuten zum Fährhafen Mġarr auf Gozo fährt. Dieses kleine Hafenstädtchen lädt ein zu einem Bummel am Hafenbecken. Etliche farbenfrohe Fischerboote liegen hier vor Anker, tanzen auf den kleinen Wellen und warten auf ihren Einsatz. Die Fischer wirken karg und verschlossen und geben mir das Gefühl, dass sie lieber unter sich bleiben wollen. Sobald ich in ihre Nähe komme, benutzen sie ihren eigenen Dialekt, der halb arabisch, halb spanisch klingt. Englisch ist die zweite Landessprache, aber die wollen sie nicht mit mir sprechen. Ich lasse mich von einem Taxi zu meinem Hotel fahren. Es liegt einsam und verlassen am Ortsrand. Ein bisschen Luxus und vor allem Ruhe sollen mir während des Aufenthaltes gut tun. Viel Abwechslung scheint es hier oben nicht zu geben, also erkunde ich die nähere Umgebung des Hotels. Wenn ich den eingezäunten Bereich des Hotels verlasse und Richtung Klippe laufe, muss ich über einen sandigen Trampelpfad gehen. Links und rechts davon begleiten mich die schönsten Wildblumen des frühen Sommers. Es duftet nach wildem Fenchel und seltenem Sauerklee, den es vorwiegend im Mittelmeerraum gibt und mit seinen hellgelben Blüten auf dem kargen Kalksandsteinboden hübsche Farbkleckse setzt. Der Fenchel ist über und über mit kleinen Schneckenhäusern besetzt. An jedem Stängel kleben zig Schnecken, die es sich gut schmecken lassen. Der feine Duft lockt auch viele Schmetterlinge an. Kleine Salamander huschen an meinen Füßen vorbei und verstecken sich im Dickicht, wo sie die zahlreichen Grillen aufschrecken, die sich mit lautem Zirpen beschweren. Dicke Hummeln brummen ihr Lied und fliegen von Blüte zu Blüte. Eine paradiesische Stille herrscht hier oben weit weg von der Zivilisation. Die Aufwinde des Mittelmeeres schicken eine frische Brise auf dieses Hochplateau. Ab und zu höre ich das Brechen der Wellen tief unter mir. Es ist atemberaubend schön in dieser Einsamkeit. Dieses Fleckchen Erde ist mit dem tiefblauen Himmel, dem türkisfarbenen Wasser mit seinen weißen Schaumkronen und den bunten Wiesen mit himmelblauen, gelben und roten Blüten in seiner Farbenvielfalt kaum zu überbieten.

Es gibt zwei beliebte Volkssportarten der Malteser. Die erste ist das Fangen der Zugvögel, die zweimal im Jahr über die Insel nach Afrika oder den Norden fliegen. Die Frühlingsjagd und die Herbstjagd sind bis heute von der Inselregierung Maltas offiziell erlaubt. Die Vereinbarungen mit der EU-Kommission sehen vor, dass seit 2009 keine Vögel mehr gefangen werden dürfen. Jedoch setzt Malta immer wieder Sonderregelungen durch. Die zweitbeliebteste Sportart ist das Fangen der einheimischen Singvögel. Überall auf der Insel gibt es getarnte Unterschlüpfe der Vogelfänger, die ihre Netzfanganlagen aufgebaut haben. Die Tierschützer sind empört, können aber wenig ausrichten. Etwa fünfzig Meter von meinem Hotel entfernt ganz in der Nähe der Steilklippe sehe ich etliche selbstgebaute Unterstände aus dicken Steinen, die den Vogelfängern gehören. Immer wieder treffe ich in dieser einsamen Gegend auf Männer, die wie aus dem Nichts auftauchen und auch wieder im Nichts verschwinden. Ich fühle mich überall in der Einsamkeit beobachtet. Diese Männer verschwinden immer, sobald sie entdeckt werden. Ich habe kein gutes Gefühl dabei, vor allem, weil die Einheimischen auf mich recht verschlossen und wortkarg wirken. So, als hätten sie was zu verbergen oder würden gesucht. Wenn sie mich ansprechen, dann nur, um mich zu einer Fahrt oder einem Kauf zu überreden. Viele dieser Männer kommen aus Afrika und haben auf Malta eine Heimat auf Zeit gefunden. Von hier oben kann ich sehen, dass täglich Marineschiffe die Insel umrunden und bewachen. Sie wollen verhindern, dass illegale Einwanderer aus Afrika übersetzen und hier stranden. In der Tat gibt es auf Malta sehr viele Afrikaner. Es sind ja auch nur 280 Kilometer bis zur Küste Tunesiens.

Was mir rund um das Hotel auffällt, sind die vielen, streunenden Katzen, die völlig abgemagert und mit zerrupftem Fell um die Urlauber herum schleichen. Immer gibt es mitleidige Touristen, die diese Katzen füttern. Das führt jedoch dazu, dass es im Restaurantbereich nur so wimmelt von aggressiven, hungrigen Katzen, die ohne Rücksicht auf die Urlauber über die gedeckten Tische springen, um ihre Rivalen zu verjagen. Mit wütendem Fauchen und ausgefahrenen Krallen verteidigen sie in erbitterten Kämpfen unter den ängstlichen Blicken der Urlauber ihr Revier. Der penetrante Katzengestank ist überall zu riechen. Die Kellner sind ziemlich hilflos und vertreiben die Viecher mit Besen und Tischtüchern. Ein paar Minuten später schleichen sich die Katzen aber wieder herein. Sie betteln mit lautem Miauen an den Tischen und werden immer wieder von ein paar Touristen gefüttert. So kann das Vertreiben nicht funktionieren. Ein anderes Problem dieses Sommers ist die Mückenplage. Auch diese Tierchen scheinen sehr hungrig beziehungsweise durstig zu sein. Diese Mückenplage ist so unangenehm, dass sich viele Urlauber zu den Mahlzeiten in das Restaurant setzen, um in Ruhe essen zu können. Dabei wäre die offene Terrasse mit Blick auf die Klippen bei weitem schöner gewesen. Im Restaurant riecht die klimatisierte Luft ein wenig parfümiert und etwas unangenehm. Ich kenne diesen Geruch, aber im ersten Moment weiß ich ihn nicht einzuordnen. Durch Zufall beobachte ich, dass die Kellner unter den Tischen des Buffets Insektenspraydosen griffbereit stehen haben, mit denen sie in Abständen und in scheinbar unbeobachteten Momenten das Essen mit den herrlichen Speisen besprühen, um die Mücken zu vertreiben. Das ist ganz schön ekelig, wenn nicht sogar verboten. Ein leichter Nebel von milchig weißen Tropfen benetzt das Brot, die Früchte und Desserts. Jetzt fällt mir auch wieder ein, woher ich den Geruch kenne. Insektenspray. Ich glaub es ja nicht. Und wir Gäste sollen das essen? Es bleibt uns wohl nichts anderes übrig, wenn wir nicht verhungern wollen.

Im Prospekt des Hotels steht, dass es einen hoteleigenen Strand gibt. Nur ein paar Minuten entfernt. Das will ich mir ansehen. So schön die Pools auch sind, ich gehe lieber im Meer baden als im gechlorten Wasser. Da das Hotel hoch auf der Klippe steht, muss es einen steilen Weg bergab geben. Einen Sandstrand kann ich von hier oben aus nicht entdecken, sondern nur Felsen. Hinter dem Hotel schlängelt sich ein hübscher Naturpfad durch die bunten, duftenden Blumenwiesen und führt mich erst gemächlich und dann immer steiler den Berg hinunter. Nur mit festem Schuhwerk lässt sich dieser Abstieg bewerkstelligen. Ich treffe unterwegs keine Menschenseele. Die Urlauber, die in meinem Hotel wohnen, sind allesamt Wanderer, die hier auf Gozo über die Klippen wandern wollen. Zum Strand gehen sie nicht. Ich habe selten so eine einsame Gegend im Urlaub angetroffen. Wenn die Grillen nicht zirpen würden, wäre es hier mucksmäuschenstill. Einen Strand ohne Badegäste kann ich mir eigentlich nicht vorstellen. Aber hier ist niemand. Ich bin mittlerweile schon dreißig Minuten gelaufen, aber von einem Strand ist weit und breit nichts zu sehen. Nicht einmal einen Wegweiser hat das Hotel aufgestellt. Endlich entdecke ich in der Ferne ein paar Häuser, die bewohnt zu sein scheinen. Dort kann ich nach dem Weg fragen. Auf Englisch. Ein junger Mann schraubt an seinem verrosteten Auto, während eine alte Frau ihm dabei zusieht. Ich begrüße sie und frage nach dem Strand des Hotels. Die Antwort überrascht mich. Dieser Strand werde gerade erst gebaut. Vielleicht in zwei Monaten werde er fertig. Aber es würde sich eigentlich nicht um einen Strand handeln, sondern um ein betoniertes Plateau, von dem man ins Wasser springen könne zum Tauchen oder Schnorcheln. Von hier aus müsse man einen steilen Weg hinunter nehmen. Aber Vorsicht. Das Geländer sei noch nicht befestigt, die Steine sehr rutschig. Ich bedanke mich und mache mich auf die Suche. Das will ich mir näher anschauen, wenn ich schon mal hier bin. Ich finde den Weg und mühe mich hinunter. Handwerker sind nirgends zu sehen. Unten angekommen stehe ich vor einer Lagune mit kristallklarem und türkisfarbenem Wasser. Links und rechts steile Felswände, die hoch hinauf ragen.

Die fertige Betonplatte, die nicht größer als zwei Quadratmeter ist, erreiche ich nur mit einem mutigen Sprung über das unruhige Wasser. Falls ich vorhätte, hier zu schwimmen, käme ich gar nicht mehr auf das Plateau, weil eine Treppe ins Wasser fehlt. Niemand könnte mir helfen, weil hier niemand vorbeikommt. Da ich meine Badetasche mit Handtuch und Sonnencreme dabei habe, mache ich es mir auf dem Plateau gemütlich. Hier unten in der Einsamkeit scheint die Zeit still zu stehen. Die friedliche Stille wird nur unterbrochen von dem Wellenschlag in der engen Lagune. Ganz am Ende scheint das Wasser in eine Höhle zu führen. Für Taucher wäre es phantastisch, dorthin zu schwimmen. Das andere Ufer ist keine zehn Meter von mir entfernt. Kleine Fischschwärme tummeln sich entlang der Felsen. Das Wasser riecht frisch und sauber. An dieser Stelle ist es sehr tief. Ich kann den Grund nicht sehen. Doch schon nach zehn Minuten ist es mit der Gemütlichkeit vorbei, da erstens alle Knochen weh tun wegen der harten Steine und zweitens wie aus dem Nichts ein junger Mann auftaucht, der mir im ersten Augenblick Angst macht. Wie ist er hier hergekommen? Er war doch vorher nirgends zu sehen gewesen? Ohne zu fragen schwingt er sich mit einem behänden Schwung aufs Plateau und löchert mich mit Fragen.

Wie sich herausstellt, ist er ein einheimischer Tauchlehrer und sucht Interessierte, denen er das Tauchen und Schnorcheln beibringen möchte. Natürlich erst, wenn dieser Hotelstrand fertig sei. So etwa in ein paar Tagen. Träume weiter, denke ich nur. Als er nach zwanzig Minuten immer noch nicht gemerkt hat, dass er stört und dass ich gar nicht tauchen möchte, packe ich meine sieben Sachen und verschwinde. Hoffentlich verfolgt er mich nicht. Der Rückweg ist schwieriger als ich gedacht habe. Jetzt geht es steil bergauf ohne Wegweiser, dafür mit einem Jüngling im Rücken. Der hat es geschafft, dass ich mich fast verlaufen habe, weil ich nicht auf die Richtung geachtet habe. Ich ärgere mich über mich selbst. Warum lasse ich mich von diesem Kerl einschüchtern? Immer wieder sehe ich auch andere Männer, vielleicht Vogelfänger, an der Bergwand auftauchen und wieder verschwinden. Ich habe ein komisches Gefühl im Bauch. Endlich ist in der Ferne mein Hotel zu sehen. Meine Schritte werden schneller bis ich die Umzäunung des Hotelareals erreicht habe. Ich bin in Sicherheit, aber mein Herz klopft mir noch bis zum Hals. Angsthase! Ein Nachmittag am Pool ist zwar sehr entspannend, aber ich will ja Land und Leute kennen lernen.

Was kann ich also sonst noch auf Gozo erleben? An der Rezeption wird eine Safari-Jeep-Tour angepriesen. Dauer: acht Stunden, inklusive Mittagessen in der Hauptstadt Victoria und Zeit zum Baden am roten Strand. Das hört sich gut an. Ich buche diese Tour. Am nächsten Morgen steht um kurz nach neun ein braungebrannter Tourguide mit seinem Jeep vor der Tür. Er ist ein Österreicher im gesetzten Alter, der vor vielen Jahren nach Gozo ausgewandert ist und sich hier seinen Lebensunterhalt als Reiseleiter verdient. Fünf weitere Fahrgäste sitzen schon auf den Rückbänken. Alle kommen aus Deutschland. Der Jeep hat kein Verdeck, dafür aber zwei Überrollbügel, an denen man sich im Notfall festhalten kann. Drei Mann sitzen nebeneinander, den anderen drei Fahrgästen gegenüber. So starten wir in den Tag, der verspricht, schön zu werden. Die Sonne knallt vom Himmel. Hier auf dem Parkplatz vor meinem Hotel weht kein Lüftchen. Laut Wetterbericht sollen es heute sommerliche dreißig Grad werden. Gozo ist zwar eine grüne Insel, aber nicht so grün wie man vielleicht meint. Es gibt keine großen Schatten spendende Bäume. Das Grün kriecht vorwiegend geduckt auf steinigem Untergrund und wächst kaum höher als einen halben Meter. Die kleinen, zarten Blüten versprühen nur ganz zaghaft ihren Duft, als hätten sie Angst vor der übermächtigen Hitze, die es im Sommer hier gibt. Herr Gruber startet seinen Jeep und gibt Vollgas. Im Nu sind wir in eine Staubwolke eingehüllt und halten uns krampfhaft am Überrollbügel fest, um nicht in den Kurven heraus geschleudert zu werden. Mein lieber Mann! Das ist vielleicht ein Fahrstil. Herr Gruber hat Spaß. Es gefällt ihm, wenn er seine Gäste ein wenig durchschüttelt. Mittlerweile haben wir noch zwei weitere Jeeps im Schlepptau, die die gleiche Rundtour machen wie wir. Auch diese Fahrer sind aus einem anderen Holz geschnitzt als wir. Manchmal scheint es, als würden sie sich ein Rennen liefern. Mal überholt der eine, dann wieder ist ein anderer an der Spitze der Jeeps. Aber egal. Wir erfahren auch interessante Geschichten zur Insel, die mit viel Humor gewürzt sind. Die sagenumwobene Insel wird als die Insel der schönen Meernymphe Kalypso betrachtet. Kalypso hielt Odysseus sieben Jahre auf der Insel Gozo in der Kalypso-Grotte nahe der Ramla-Bay gefangen. An der Ramla-Bay ist für uns heute der erste Stopp, um am roten Strand schwimmen zu gehen. Barockkirchen und Bauernhöfe aus Stein prägen das Landschaftsbild bis zu diesem Strand. Als wir uns dem einzigen Sandstrand der Insel nähern, mehren sich die Autos und Busse, die genau wie wir vorhaben, hier und jetzt zum Strand zu fahren. Da es keine Parkplätze gibt, reihen und stauen sich die Wagen kilometerweit am Straßenrand. Kolonnen von Urlaubern und Einheimische mit ihren Kindern, ihre umfangreiche Campingausrüstung, Getränke und Picknicktaschen verstopfen den kleinen Zugang zum Strand, der mit seinen 400m Breite zu klein für die vielen Menschen ist. Diese Bucht wird links und rechts von zwei Tafelbergen begrenzt. Sie könnte sehr idyllisch sein, stände dort nicht eine Imbissbude mit direktem Zugang zum Strand. Bereits in den frühen Morgenstunden hat der Imbiss regen Zulauf. Die Idylle ist hin, denn hier riecht es nach altem, ranzigen Fett und Pommes. Dampfschwaden aus der Friteuse ziehen Richtung Strand. Einziger Vorteil dieser Bude: sie hat eine Toilette. Die erste und einzige Toilette seit unserer Abfahrt. Natürlich ist der erste Gang für alle dorthin. Manchmal muss man seinen Ekel eben unterdrücken, möglichst nichts anfassen und Augen zu und durch. Dann geht's. Belohnt werden wir anschließend mit einer Pause auf herrlich weichem Sand. Der Wind hat zum Glück seine Richtung gewechselt, sodass die Dampfschwaden uns nicht mehr belästigen. Dieser Abschnitt ist als roter Strand bekannt, weil die Farbe des Sandes tatsächlich sehr dunkel ockerfarben bis rötlich ist. Das Wasser des Mittelmeeres ist kalt, glasklar und sauber. Nur wenige Mutige trauen sich zu schwimmen. Die anderen laufen barfuß durchs Wasser oder legen sich in den warmen Sand. Wir haben etwa eine Stunde Zeit, ehe wir wieder unsere Jeeps besteigen. Diesmal geht es Richtung Victoria, der Hauptstadt Gozos. Das Herz der Stadt Victoria ist ihre Zitadelle. Hier konnte die Bevölkerung Schutz suchen vor Sklavenhändlern und Piraten. Die Zitadelle thront hoch oben über der Stadt. Nach einem Stadtrundgang durch die hübsche Altstadt und den Marktplatz ist das gemeinsame Mittagessen in einer kleinen Taverne vorgesehen. Hier werden wir schon von herrlichen Küchendüften empfangen. Der Duft von Knoblauch, Paprika und kräftigem Käse weht aus der kleinen Küche in das Restaurant. Mir läuft das Wasser im Mund zusammen, so lecker riecht es. Alles ist vorbestellt für die Safarigruppen. Damit sich unsere Wege nicht kreuzen, wird das Essen immer für zwei Jeep-Gruppen, also 14 Personen inklusive Fahrer, aufgetischt. Danach kommen die nächsten dran. Nach dem Essen, das teils an griechische teils an italienische Küche erinnert, machen wir uns auf den Weg zum Wahrzeichen der Insel Gozo: das Azure Window. Dies ist ein riesiges Felsentor, das durch das Einstürzen zweier Höhlen entstanden ist. Dieses Tor, an der Westküste Gozos, ist 20m hoch und 100m lang. Das Tor steht zur Hälfte im Wasser, sodass die Gischt bei jeder anrollenden Welle hoch spritzt. Der Wind ist sehr frisch und stark. Dieser Mistral ist dafür verantwortlich, dass die Vegetation in dieser Gegend sehr spärlich ist. Lediglich kleine Kapernsträucher finden sich in warmen, sonnigen Felsnischen. Die Touristen können, wenn sie mutig sind und keine Höhenangst haben, auf den Felsen klettern. Allerdings stehen überall Warnschilder, denn es gibt keine Befestigungen oder Sicherungsseile. Oben angekommen bieten sich phantastische Fotomotive. Die wilde Brandung spritzt die Gischt meterhoch in Richtung blauen Himmel und höhlt den Felsen, auf dem die Fotografen stehen, Stück für Stück aus. Die Gefahr, abzustürzen, ist groß. Ein riesiges Stück des Felsens liegt bereits abgebrochen am Strand. Herr Gruber sammelt nach diesem Naturschauspiel seine Fahrgäste wieder ein und kutschiert uns zum letzten Highlight des Tages. Es geht zu einer Wallfahrtskirche, Basilika ta ´Pinu. Für mich sehen die Kirchen auf Gozo irgendwie alle gleich aus, vor allem, weil es auch so viele gibt. Deshalb hält sich meine Begeisterung in Grenzen. Ich bin froh, dass es danach wieder zum Hotel geht. Der offene Jeep hat mich mächtig durchgeschüttelt. Wir alle sehen wie paniert aus von dem staubigen Fahrtwind. Herr Gruber hat seinen Spaß daran. Mir reicht es nach acht Stunden Sightseeing. Ich freue mich, als ich wieder am Hotel bin. Denn hier oben auf dem Felsplateau finde ich Ruhe und Entspannung. Es duftet nach Frühsommer. Und ich entdecke zum Glück noch fröhlich zwitschernde kleine Singvögel, die den Vogelfängern entkommen sind und die ihre Jungen jetzt großziehen. Die Luft der unbeschadeten Natur ist rein und frisch. Große Seevögel ziehen ihre Kreise hoch oben in den Lüften über den schroffen Felsen.

Hier würde ich noch einmal hinfahren. Auch wenn das Azure Window nicht mehr existiert. Ein schwerer Sturm hat es vor kurzem zum Einsturz gebracht.

Rom, Italien

Rom, die Ewige Stadt. Hauptstadt Italiens. Man sagt, dass die Göttinnen Virtus und Fortuna einen Bund ewigen Friedens schlossen, welcher garantiert, dass Rom, solange Menschen leben, bestehen wird. Rom wurde schon im 1. Jahrhundert v.Chr. die Ewige Stadt genannt. Mitten in der Stadt gibt es einen weiteren Staat. Den Staat der Vatikanstadt. Eine Enklave. Der Vatikan ist der Sitz des Papstes. Seit 2013 ist es Papst Franziskus. Und den werde ich höchstpersönlich sehen in Rom, denn ich fahre hin, wenn der Papst Dienst hat. In der Woche zwischen Palmsonntag und Ostersonntag. Wie ich vermutet habe, wollen noch ein paar mehr Touristen über Ostern zum Papst oder nach Rom. Eines kann ich vorweg nehmen. Rom hat keinen eigenen, typischen Geruch. Mit Ausnahme der Kirchen und Basilika, die den Geruch des Weihrauches inne haben. Mit verbundenen Augen könnte ich nicht sagen, dass ich in Rom stehe. Ob das an den vielen alten Gebäuden und Ruinen liegt? Riechen alte Steine nicht mehr? Obwohl. So manches Mal wehte mir ein trockener, staubiger Geruch in die Nase. Vielleicht ist das der Geruch von Rom?! Es gibt dennoch viele Besonderheiten in Rom, die die Stadt interessant machen. Aber der Reihe nach. Vom Flughafen Fiumicino aus nehme ich den Leonardo-Express in die Innenstadt. Das ist ein Schnellzug, der jede halbe Stunde nach Rom zum Hauptbahnhof fährt. Er ist schnell und preiswert im Vergleich zu einer Taxifahrt. Der Leonardo-Express-Bahnsteig ist ein wenig schwierig zu erreichen, da es eine endlos lange Baustelle gibt, die die Passanten mit ihrem Gepäck weiträumig umlaufen müssen. Nach einer halben Stunde Fußmarsch stehe ich endlich vor dem Kassenautomat für die Fahrkarte. Der funktioniert aber leider nicht, sodass ich nicht durch die Sperre komme. Der erste Zug ist bereits abgefahren, ohne mich. Aber ich habe mit Hilfe netter Gleichgesinnter einen Automaten entdeckt, der uns die gewünschten Tickets ausspuckt. Mein italienisch ist nicht besonders gut - eigentlich spreche ich kein einziges Wort dieser Sprache. Aber ich habe es zum Glück auch noch nicht gebraucht. Jetzt sitze ich im Schnellzug und bewundere die Landschaft. Bewundern ist eigentlich zu viel gesagt. Ich betrachte die Landschaft. Die Fahrzeit beträgt fünfunddreißig Minuten. Die Strecke führt durch sehr ländliche Gegenden mit viel Brachland, in denen ich nur kleine, verwahrloste und leer stehende Häuser mit großen Gärten entdecke. In den Gärten überwuchert das Unkraut so manche

Hütte vollständig. Kreuz und quer verlaufen die Überlandleitungen der Stromversorger oder Telefonanbieter. Ich kann mir kaum vorstellen, dass ich in kurzer Zeit in einer Stadt ankommen werde, in der es rund drei Millionen Einwohner gibt.

Ich bin kein Freund von geführten Touren und durchorganisierten Urlauben. Dafür plane ich meine Touren schon von zu Hause aus, alleine und gründlich. Ich präge mir zum Beispiel das Straßenbild ein, um mich nicht zu verlaufen. Jede Stadt hat ihre Eigenheiten. Die Straßen New Yorks sind schachbrettartig aufgebaut, das Straßenbild von St. Petersburg wird bestimmt von zahlreichen Kanälen, die alle in der Newa, dem großen Fluss, münden. Ich muss nur die Brücken abzählen, die ich überquere, damit ich mein Ziel finden kann.

Rom ist anders. Hier finde ich kein System im Straßenverlauf. Weder sind die Straßen kreisförmig um ein Zentrum angelegt, noch sternförmig wie zum Beispiel in Barcelona am Plaça de les Glòries Catalanes oder in Paris am Arç de Triomphe. Noch nie habe ich mich so oft verlaufen wie in Rom. Kreuz und quer in einem heillosen Durcheinander verlaufen die Straßen durch die enge Altstadt. Das Klischee der Italiener bewahrheitet sich für mich. Italiener sind nicht so strukturiert wie die Deutschen. Ihr übergroßes Temperament ist nur schwer zu bändigen. So wahrscheinlich auch die Arbeitsweise der Architekten und Städteplaner. In Rom habe ich erstmals angefangen, mit einem Stadtplan in der Hand durch die Stadt zu laufen. Was ich eigentlich hasse. Ich wäre aber sonst planlos umhergeirrt. Hin und wieder möchte ich ja nach einem mir vorgegebenen Plan meine Ziele erreichen. Mein erstes Ziel ist mein Hotel. Laut Plan benötigt es nur wenige Straßenecken und ich wäre am Ziel. Leider ist es dann doch nicht so einfach. Eine Großbaustelle am Trevi-Brunnen führt dazu, dass die Passanten einen großen Umweg laufen müssen, um zu ihrem Ziel zu gelangen. Eigentlich müsste mein Hotel direkt hinter dem Brunnen liegen, aber ich merke nach einer gefühlten Ewigkeit, dass ich in eine ganz verkehrte Richtung gelaufen bin. Und das auf Kopfsteinpflaster mit einem prall gefüllten Koffer, an dem die Räder mittlerweile leicht schief hängen. Das kommt davon, wenn ich alles zu Fuß machen will, statt schön gemütlich in ein Taxi zu steigen und mich bis vor die Tür des Hotels bringen zu lassen. Mit zweistündiger Verspätung erreiche ich schließlich das Hotel am Piazza di Monte Citorio. Diese Piazza ist einer der am besten geschützten Plätze Roms, da sich direkt neben dem Hotel der Sitz der Abgeordnetenkammer des italienischen Parlaments befindet. Sobald die Minister tagen, was mehrmals in der Woche geschieht, rücken bewaffnete Carabinieri mit ihren Motorrädern an und versperren den Touristen den Zugang zu dem Platz. Weil mein Hotel aber vis-à-vis liegt, darf ich passieren. Das fühlt sich gut an. An der Rezeption werde ich freundlich begrüßt, angemeldet und eingewiesen. Mein Zimmer ist stilvoll mit Antiquitäten ausgestattet, das Bad ist aus Marmor, die Möbel im Renaissance- oder Barock-Stil. Ich kenne mich damit nicht so aus. Auf jeden Fall sind sie alt und schön. Ich habe alles, was ich brauche, um mich hier wohl zu fühlen.

Von zu Hause aus habe ich den Rom- Aufenthalt sorgfältig geplant. Ich weiß zum Beispiel, dass es an jedem letzten Sonntag eines Monats freien Eintritt in die Sixtinische Kapelle gibt. Da ist es wichtig, dass ich den Weg dorthin finde. Und zwar rechtzeitig. Denn die Öffnungszeiten sind von 9:00 bis 12:30 Uhr. Heute ist Palmsonntag. Papst Franziskus hat gerade seinen Gottesdienst mit viel Weihrauch und frommen Segenswünschen und Gebeten beendet. Die Gottesdienstbesucher strömen in meine Richtung. Die Sixtinische Kapelle befindet sich etwas abseits vom Petersdom. Man kann den Weg nicht verfehlen, denn eine kilometerlange Schlange von Besuchern wickelt sich bereits seit Stunden um den Berg. Die eine Hälfte des Bürgersteigs wird von fliegenden Händlern besetzt, die ihre Ledertaschen, Gürtel und Schneekugeln mit Papstmotiv verkaufen wollen. Die andere Hälfte belagern die Touristen, die alle gratis zur Kapelle pilgern wollen. Da gilt es, sich eine Taktik zu überlegen, wie man die lange Anstehzeit verkürzen kann. Denn ich weiß, dass ich nicht lange auf einer Stelle stehen kann. Dann bekomme ich Rücken. Am besten wechsel ich erst einmal auf die gegenüber liegende Straßenseite, um den Anschein zu erwecken, dass ich hier wohne oder gar nicht in die Kapelle will. Auf die Art gelange ich ein paar hundert Meter weiter nach vorne Richtung Eingang. Jetzt beobachte ich die Menschengruppen, die dort stehen und sich Stückchen für Stückchen vorwärts schieben. Es sind Deutsche, Engländer, Franzosen und auch Japaner. Das ist gut. Sehr gut sogar, denn Japaner sind höfliche Menschen und auf keinen Fall aggressiv. Ich mogele mich einfach direkt vor die Gruppe der Japaner. Und siehe da- keiner ist böse, dass ich mich vorgedrängelt habe. Im Gegenteil. Mit einem höflichen Nicken werde ich willkommen geheißen. Das hätte ich mir mal in Deutschland in einer langen Warteschlange vor einer Theaterkasse erlauben sollen. Jetzt sind es nur noch wenige Meter bis zum Eingang. Wild gestikulierende

Italiener machen uns Wartende nervös, indem sie auf Italienisch etwas von Tickets erzählen, die man auf jeden Fall erwerben müsse, um hinein zu gelangen. Einige Touristen fallen darauf herein und kaufen Eintrittskarten. Danach werden diese Leute in kleine Gruppen aufgeteilt und ihnen ein Fremdenführer zugeordnet. Die Italiener, diese Schlitzohren, freuen sich. Die gelinkten Urlauber sind verärgert, weil sie gar keine geführte Tour buchen wollten. Ich muss gestehen, dass ich auch kurz davor war, ein Ticket zu kaufen. Aber ich habe es dann doch nicht getan. Zum Glück, denn jeder kann an diesem Sonntag kostenfrei die Sixtinische Kapelle besichtigen.

Hinter der lauten Eingangshalle werden die Gespräche der Besucher leiser. Durch lange Bogengänge mit kostbaren Malereien, die das Leben Jesu Christi und Mose zeigen, gelangt man schließlich zur Kapelle des Apostolischen Palastes, an dem das Konklave abgehalten wird. Hier werden die Päpste gewählt. Konklave heißt so viel wie Zimmer oder verschließbares Gemach. Sobald die Besucher diesen Raum betreten, herrscht absolute Stille. Niemand darf fotografieren oder reden, dafür sorgen Aufpasser, die so manchen Besucher ermahnen. Hier befindet sich das berühmteste Gemälde Michelangelos: Die Erschaffung Adams. Es ist nur eins von neun waagerechten Bildfeldern, die die Szenen aus dem Alten Testament darstellen. Mich beeindrucken die riesigen Bilder, die in den Jahren 1508-1512 entstanden sind. In diesem Raum sitzen also die Kardinäle über viele Tage eingesperrt und von der Außenwelt isoliert, um einen Papst zu wählen. Telefon, Internet, Radio, Fernsehen, Post und Zeitungen sind nicht erlaubt. Keine schöne Vorstellung, in so einem fensterlosen Raum eingesperrt zu sein, finde ich. Die Luft hier drinnen ist stickig und viel zu warm. Ein Hauch von Weihrauch macht die Atmosphäre etwas feierlich. Länger als zehn Minuten kann man sich kaum hier drinnen aufhalten, weil ständig neue Besucherströme aufs Weitergehen drängen. Ein kurzes Knicksen vor dem Bild der Mutter Maria, ein Bekreuzigen, dann muss es weiter gehen.

Endlich wieder an frischer Luft habe ich vor, ein besonderes Privileg für Deutsche und Flamen in Anspruch zu nehmen. Denn es gibt nur für deutschsprachige Besucher einen Zugang zu dem deutschen Friedhof 'Campo Santo Teutonica', der direkt links im Schatten des Petersdoms liegt. Um dorthin zu gelangen, muss ich einen Wachposten der Schweizer Garde auf Deutsch ansprechen, ihm mitteilen, dass ich deutsche Staatsbürgerin bin und gerne auf den Deutschen Friedhof gehen möchte.

Denn dieser Besuch lohnt sich. Der Gardeoffizier in seiner prächtigen Uniform nimmt meinen Ausweis, verschwindet damit in einem gepanzerten Kleinbus, um den Ausweis zu prüfen, und dann darf ich passieren. Dieses Privileg ist einzigartig in der Touristenmasse. Abseits des Trubels betrete ich eine Oase der Stille und des Friedens. Ein blühender Ort der Ruhe mit plätschernden Springbrunnen aus Marmor, mit reich verzierten, alten Grabsteinen aus bunten Mosaiksteinchen. Es duftet nach exotischen Pflanzen, die sich an den Grabsteinen entlang winden. Keine störenden Geräusche von außen dringen hier hinein. Es ist erstaunlich, dass einige Gräber erst vor zwei oder drei Jahren entstanden sind. Etwa 1400 Namensnennungen befinden sich auf dem kleinen Areal, das nicht größer als 20x20Meter ist. Viele Namen der Verstorbenen deuten auf Kölner Bürger hin, die der Erzbruderschaft angehört haben. Aber unter den Verstorbenen gibt es auch Prominente, die in Rom gelebt haben und dort gestorben sind. So zum Beispiel Prinzessin Carolyne zu Sayn-Wittgenstein und die Lebensgefährtin des Komponisten Franz Liszt.

Für mich wird es Zeit, dass ich etwas für meine Kondition tue. Ich habe mich hier genug ausgeruht. Was gibt es da besseres, als die Kuppel des

Petersdoms zu ersteigen. Zu Fuß natürlich. Es sind genau 510 Stufen bei 137m Höhe, die bis nach oben führen. Zum Vergleich: der Kölner Dom hat 533 Stufen bei 157m Höhe. Und die habe ich auch geschafft. Die ersten 200 Stufen sind noch relativ harmlos. Langsam geht es im Kreis höher und höher. Wer es schon bis hierhin nicht schafft, könnte einen Aufzug nehmen. Der endet hier nach 210 Stufen. Dann aber geht es nur noch zu Fuß nach oben. Mittlerweile ist die Wendeltreppe so eng geworden, dass man nicht mehr zu zweit nebeneinander auf eine Stufe passt. Gegenverkehr von oben ist jetzt ganz schlecht. Immer wenn jemand kommt, der runter will, muss man sich an die Wand drücken und ganz klein machen. Hier quetschen sich hunderte Touristen entlang der kargen Mauern, auch Schulklassen, die sich den spektakulären Ausblick von oben über die ganze Stadt Roms nicht entgehen lassen möchten. Aber auch fettleibige Menschen, die beängstigend schnaufen, entdecke ich vor und hinter mir. Was wäre, wenn hier und jetzt einer einen Zusammenbruch erleidet? Nie im Leben könnten Sanitäter hier eine Trage rauf und wieder runter bringen. Die weihrauchgetränkte Luft stinkt nach Schweiß und schlechtem Atem. In großen Abständen hat das alte Gemäuer ein paar

Luftschlitze, durch die etwas Frischluft hinein strömt. Ansonsten macht die immer größer werdende Hitze des Tages den Turmbesteigern große Probleme. Jetzt aufgeben ist auch keine Option. Die letzten Meter sind die schlimmsten. Die Stufen sind dermaßen schief und ausgetreten, dass man auf jeden Schritt achten muss, um nicht die Balance zu verlieren. Mittlerweile ist die Decke der Wendeltreppe so niedrig, dass man es nur mit eingezogenem Kopf zu dem Ausgang nach draußen auf die Plattform der Kuppel schafft. Doch dann ist es vollbracht. Rom liegt mir zu Füßen. Was für ein Panorama. Ein wolkenloser Himmel protzt über mir in kräftigen Blautönen. Der leichte, trockene Wind weht allen Besuchern hier oben dankbar über unsere schweißbedeckte Haut und erfrischt uns. Jedoch gibt es ein großes Gedränge und Geschubse auf der Plattform, die so schmal ist, dass höchstens zwei bis drei Mann hintereinander stehen können. Hinzu kommt, dass jeder das gesamte Panorama von 360° sehen möchte. Wenn jeder im gleichen Tempo jeweils einen Schritt nach rechts machen würde, würde es funktionieren. Tut es aber nicht, weil viele Besucher entweder den einzigen Ausgang suchen oder in entgegengesetzter Richtung die Plattform beschreiten. Es wird in allen möglichen Sprachen geflucht und gestaunt. Unter uns wimmelt es auf dem Petersplatz wie Ameisen. Es sind alles Besucher, die in den Petersdom wollen. Die Geräusche von unten dringen nicht bis zu uns hinauf. Hier ist es richtig still. Selbst die Besucher sind endlich still, denn denen fehlt nach dem beschwerlichen Aufstieg die Puste zum Reden. Nur der Wind säuselt leicht. Von hier aus sehe ich auch den deutschen Friedhof und die vatikanischen Gärten, die mit schlanken Pinien und Palmen ganz symmetrisch aufgebaut sind. Papst Benedict ist nicht im Garten zu sehen. Seine Gemächer kann man von hier oben aus sehen. Die zugezogenen Gardinen lassen jedoch keinen Blick in die Räume zu. Nachdem ich die Plattform umrundet habe, mache ich den nächsten Besuchern Platz und starte den Abstieg. Erst hier oben bemerke ich, dass die Stufen hinunter nicht dieselben sind wie die Stufen hinauf. Es ist ein abgetrennter Wendelgang. Runter ist es etwas leichter, finde ich, aber schon nach kurzer Zeit bekomme ich einen Drehwurm, so viele enge Kurven macht die Treppe. Vor lauter Schwindel muss ich nach hundert Stufen eine Pause einlegen. Anschließend schaffe ich den Rest in einem Rutsch. Endlich.

Eine Besonderheit dieses Jahres sind die Angebote der Straßenhändler. Was es vor zehn Jahren noch nicht gab sind Selfie Sticks. Bis vor kurzem habe ich nicht einmal gewusst, was Selfies sind. Das sind Fotos, die ich von mir selbst mit dem eigenen Handy machen kann. Dabei muss ich mein Handy so weit wie möglich von mir weghalten und dann ein Foto machen. Die Selfie Sticks sind dazu da, dass man eine größere Entfernung zwischen sich und dem Handy herstellt, damit auch noch ein wenig von der Umgebung mit auf das Foto kommt. Diesen Quatsch brauche ich nicht. Überall in Rom werden den Touristen diese Selfie Sticks angeboten oder aufgedrängt. Sehr viele Urlauber sind bereit, sich einen Stick zu kaufen, denn ich sehe sie an jeder Ecke in der Stadt. Überall wird fotografiert, jede Ruine, jede zerfallene Säule. Jeder Stein könnte historische Bedeutung haben. Manche haben es auch. Wie etwa das Colosseum, das größte römische Amphitheater der Welt, das zwischen 72 und 80 n.Chr. erbaut wurde. Hier wurden brutale Gladiatorenkämpfe ausgetragen.

Erstaunlich finde ich es, dass es hier nach nichts Besonderem riecht. Weder modrige Kellergerüche, noch Gerüche von getrocknetem Blut oder wilden Tieren, die sich hier zerfleischt haben. Die Ruinen sind von der heißen Sonne völlig durchgetrocknet und geruchslos. Ebenso ist es mit den anderen Ruinen der Stadt, wie zum Beispiel dem Forum Romanum, das politische Zentrum des antiken

Roms. Auch hier rieche ich nichts Besonderes. Das einzige Grün zwischen den Ausgrabungsstätten sind zerrupfte Palmen, die der sommerlichen Hitze trotzen.

Doch dann entdecke ich doch noch einen Park mit wunderbaren Orangenbäumen und blühenden Rankpflanzen. Er befindet sich zwischen dem Colosseum und dem Forum Romanum. Hier ist es hügelig und grün. Eine Wohltat für meine Augen nach all den trockenen Steinen. Und es duftet nach Apfelsinen, die überreif vom Baum auf die Wege fallen und dort ihren Duft verströmen. Von der Aufsichtsplattform hier oben kann man die Arena des Circus Maximus sehen, in der während der Antike Wagenrennen, Tierhetzen, aber auch athletische Wettkämpfe veranstaltet wurden. Der historische Film ´Ben Hur´ ist 1959 hier gedreht worden. In diesen Circus passten dreimal so viele Zuschauer hinein wie in das Colosseum. Heute ist es eine Pilgerstätte für Touristen, in der hin und wieder Open-Air-Konzerte veranstaltet werden. Wieder wird alles mit Selfie Sticks fotografiert und dann gepostet. Noch so ein Wort, das für mich neu ist, denn ich poste nichts. Ich verschicke lieber handgeschriebene Postkarten, auch wenn das altmodisch ist.

Nach dem Kulturprogramm möchte ich die berühmteste Eisdiele Roms suchen, die Gelateria Della Palma. Dort sollen es 150 verschiedene Eissorten geben. Ich habe mittlerweile heraus gefunden, dass ich in Rom keine Hopp-on-Hopp-off-Busse buchen muss. Hier liegen die vielen Sehenswürdigkeiten dermaßen nahe beieinander, dass ich locker alles zu Fuß erreichen kann. Spanische Treppe, Trevi Brunnen, Engelsburg, Petersdom. Alles im Umkreis von geschätzten zwei oder drei Kilometern zu erreichen. Mittendrin das sagenhafte Eisgeschäft. Es ist kaum zu verfehlen, denn die lange Warteschlange vor dem Eingang und die vielen Schleckermäuler, die mit ihren Eishörnchen heraus kommen, zeigen mir, dass ich den richtigen Laden gefunden habe. Hier in der Altstadt Roms gibt es nämlich an jeder Ecke eine Eisdiele. 150 Sorten kann ich wahrhaftig nicht alle ausprobieren, aber ich habe vor, jeden Tag mindestens drei Sorten zu testen. Sieben mal drei macht einundzwanzig. Diese einundzwanzig Eissorten haben einfach köstlich geschmeckt. Ich kann mich bei der Wahl nur schwer entscheiden. Lecker sind sicher alle. Es kommen nur glückliche Kunden mit einem Eishörnchen auf der Hand aus dem Geschäft heraus.

Der 400 Kilometer lange Fluss Tiber, den hohe Mauern am Ufer begrenzen, um die Stadt vor Überflutungen zu schützen, trennt die Altstadt vom Vatikan. Ausflugsfahrten mit dem Schiff werden hier längst nicht so häufig angeboten wie zum Beispiel in Paris auf der Seine oder in Amsterdam. Möglicherweise sind die hohen Mauern daran schuld, denn sie verhindern von der Wasserseite aus die Sicht auf die Sehenswürdigkeiten. Es gibt zahlreiche Brücken, von denen aus ich den Geruch des Tibers in mir aufnehmen kann. Der Tiber riecht anders als der Rhein. Er riecht intensiver nach öligem Wasser. Ob es hier Fische gibt, kann ich nicht sagen. Wenn ich das dunkle Wasser so sehe, denke ich eher nicht. An der Seine sitzen am Ufer mitten in der Stadt die Angler. Selbst am Rhein wird geangelt. Angler habe ich hier in Rom nicht gesehen. Ein weiteres Indiz für das Fehlen von Fischen.

Ich weiß aber, wo es in Rom Fische gibt. Viele Restaurants, Tavernen und Bistros bieten italienische Köstlichkeiten an. Abends füllen sich die schmalen Gassen in der Altstadt mit Hungrigen, die in den Straßencafés und Restaurants Zuflucht suchen. Hier duftet es nach Pizza, Fisch und Fleisch. Das Nachtleben findet schon im Frühjahr auf den Straßen statt. An jeder Ecke stehen die

Straßenmusiker. Ein bunter Mix aus fröhlichen Liedern und Gesängen ist überall zu hören. In den Pizzaöfen knistert das Feuer. Die heißen Dämpfe mit dem Duft aus frischem Teig und Gewürzen lässt einem das Wasser im Mund zusammen laufen.

Rom duftet also doch, zumindest in der Altstadt am Abend, wenn gefeiert, gegessen und gesungen wird. Es riecht nach Pizza, Pasta und ähnlichen Leckereien. Typisch Italiener.

Madeira, Portugal

Ich weiß nicht, ob meine zunehmende Flugangst mit dem nächsten Reiseziel zu tun hat oder mit meinem zunehmenden Alter. Es geht nach Madeira, der portugiesischen Blumeninsel vor Marokko. Ich sitze im Flieger und freue mich auf eine Woche Sommerurlaub. Nach vier Stunden Flug ist die Insel im Atlantik zu sehen. Sie sieht grün, fast tropisch aus mit schroffen, hohen Bergen auf der einen Seite und Wäldern mit Wasserfällen, die ins Meer stürzen, auf der anderen Seite. Die ganze Insel hat Mittel- bis Hochgebirgscharakter. Das Flugzeug hat das Fahrgestell bereits ausgefahren, und ich suche von meinem Fensterplatz aus den Flughafen, finde ihn aber nicht. Lediglich eine breite Straße, die an der steilen Felswand entlang führt und mit etlichen Betonpfeilern abgestützt wird, die im Wasser stehen und am Meeresboden verankert sind, kann ich erkennen. Das Flugzeug macht eine scharfe Rechtskurve, visiert diese Straße an und landet mit einem Ruck auf ihr. Im selben Augenblick muss der Pilot bremsen was das Zeug hält, denn diese Straße ist dermaßen kurz, dass die Maschine so schnell wie möglich zum Stehen gebracht werden muss. Sonst würden alle ins Meer stürzen. Wir Passagiere werden mit aller Wucht in den Sitz drückt, wie bei einer Notbremsung. Meine Sitznachbarn sind genau wie ich schweißgebadet vor Angst. Der Angstschweißgeruch macht sich zwischen den Sitzen breit und stinkt penetrant. Endlich ertönt ein erleichtertes Stöhnen seitens der Fluggäste. Wir haben es wohl geschafft. Es wird laut applaudiert. Erst sehr viel später nach meinem Urlaub habe ich erfahren, dass diese Straße die Start- und Landebahn des Flughafens ist und zu den gefährlichsten der Welt gehört und dass nur erfahrene und besonders geschulte Piloten hier landen dürfen. Die Fallwinde am Hang dieser Steilküste sind gefährlich und stellen die Piloten auf die Probe. Wer die Maschine bei der Landung nicht rechtzeitig aufsetzt, muss durchstarten und es ein weiteres Mal probieren oder aber auf die fünfundvierzig Kilometer entfernte Nachbarinsel Porto Santo ausweichen.

Die Insel Madeira liegt genau wie die Azoren und die Kanarischen Inseln auf der afrikanischen Platte. Diese Inseln gehören zur der Gruppe der makaronesischen Inseln. Das hat nichts mit den Nudeln Makkaronis zu tun. Makaronesisch bedeutet ´glückselige´ Insel. Ich kenne Madeira aus den Reiseführern nur als Blumeninsel. Ob sie mir auch Glückseligkeit verspricht, muss ich erst noch herausfinden. Madeira ist durch mehrere Vulkanausbrüche entstanden. Wahrscheinlich gibt es deswegen so viele Pflanzen, weil ein Vulkanboden sehr fruchtbar ist? Der höchste Berg Pico Ruivo ist 1862m hoch. Während es im Norden der Insel häufig regnet, ist es im Süden zur gleichen Zeit subtropisch warm. Mein Hotel liegt zum Glück an der südlichen Küste, aber es gibt keinen Strand. Steile, schwarze Felsen ragen aus dem wilden Wasser. Die Gischt spritzt meterhoch. Der ständige Wind aus Nordost wühlt die See auf und lässt auf meiner Haut eine Gänsehaut zurück. Die meisten Besucher Madeiras sind Wanderer. Anscheinend ist die Insel ein wahres Paradies für Wanderer. Auf der Fahrt zu meinem Hotel habe ich schon registriert, dass es hier eine üppige Bepflanzung gibt. Wunderbare Waldwege führen mitten durch die Lorbeerwälder entlang der Levadas. Das sind künstlich angelegte Wasserläufe, die das Regenwasser vom Norden der Insel bis zum Süden transportieren. Mein Hotel befindet sich rund 15 Minuten mit dem Auto von der Hauptstadt Funchal entfernt. Funchal heißt aus dem portugiesischen übersetzt ´Fenchel´. Der wächst hier überall. Funchal klebt an einem Berg. Die Hälfte aller Madeirer, nämlich 112.000 Einwohner, leben hier. An der breiten Uferstraße beeindruckt der große

Hafen mit mächtigen Kreuzfahrtschiffen. Etwas südlicher befindet sich das weltberühmte Luxushotel Reids´s Palace, das zu den Leading Hotels of the World gehört. Es existiert seit 1891. Oberhalb der Promenade über ein paar Stufen hinauf gibt es einen wunderschönen botanischen Garten. Eine Blüten- und Farbenpracht erwartet die Besucher. Hier duftet es nach Zitronen- und Orangenbäumchen, nach Echium candicans, dem Natternkopf in kräftigem Blau, das nur hier auf Madeira wächst und der ganze Stolz der Insulaner ist. Dieser ein bis zwei Meter hohe Strauch leuchtet schon von weitem in violetten und blauen Farben. Viele Bäume und Sträucher, wie zum Beispiel die chinesischen Blauglockenbäume oder der zartduftende Jasmin und die rosafarbene Bougainvillea, stehen in voller Blüte. Kleine Eidechsen tummeln sich zwischen den bunten Pflanzen und den warmen Felssteinen. Wenn sie sich unbeobachtet fühlen, kommen sie aus ihren Verstecken und nehmen ein Sonnenbad auf Felsvorsprüngen. Die feuchtwarme Luft transportiert die feinen Aromen der Pflanzen über die gesamte Insel. Mal sind es die Düfte von Kräutern, die einem in die Nase wehen, mal ein Wasserfall mit dem Geruch eines Tropenwaldes, feucht und farnig. Der botanische Garten Funchals bietet eine grandiose Aussicht auf den Hafen und die gesamte Stadt. Selbst die Stadt sieht von hier oben grün aus. Am Nachmittag schlendere ich in Serpentinen durch die hübsche Altstadt. In einer kleinen Seitenstraße höre ich muntere Kinderstimmen. Eine Kindergartengruppe macht einen Ausflug. Die kleinen Mädchen haben rot-weiß-karierte Kleidchen an, die kleinen Jungen tragen blau-weiß-karierte Hemden. Hand in Hand laufen sie in ihrem kleinen Tempo durch die Straßen, begleitet von zwei Nonnen. Die Gruppe macht halt vor der großen Kathedrale Sé. Es sieht so aus, als wenn die Kinder mit ihren Erzieherinnen diese Kirche besuchen wollten. Sie werden zur Ruhe aufgefordert und gehen paarweise in die Kirche. Ich folge ihnen im Abstand und bin, wie die Kleinen, fasziniert von der inneren Pracht und der weihrauchgesättigten Luft. Der Hauptaltar ist mit aufwendigen Malereien und goldverzierten Bildtafeln ein Glanzstück der Architektur aus der späten Gotik. Das Taufbecken, die Kanzel und der kleine Hochaltar sind Geschenke des damaligen Königs Dom Manuel von 1519 und bis heute in der Kathedrale zu bestaunen. Neben dem Geruch des Weihrauchs rieche ich aber noch etwas anderes. Es riecht nach altem, trockenem Holz. Die hohe Decke der Kathedrale besteht aus einem einheimischen, edlen Holz. Neben üppigen vergoldeten Elfenbeineinlegearbeiten verzieren phantastische Holzschnitzereien mit orientalischen Motiven die Decke. Auf Madeira sind 95% aller Einwohner Katholiken.

Da der Tag noch lang ist, habe ich vor, die berühmte Markthalle aufzusuchen, den Mercado dos Lavradores. Diese Markthalle befindet sich im historischen Stadtkern. Sie ist zwischen 1930 und 1940 erbaut worden und trägt die Handschrift des Art Déco und des Modernismus. Durch einen großen Torbogen, der reich verziert ist mit typisch portugiesischen Keramik-Fliesen, gelangt man in einen offenen Innenhof. Die Azulejos, so heißen die Fliesen, erzählen die Geschichte Madeiras. Sobald ich im Innenhof stehe, komme ich aus dem Staunen nicht mehr heraus. So viele Farben auf engstem Raum, so viele Gerüche, so viele Blumen und Früchte und Fische. Vor allem die große Fischhalle hat es mir angetan. Hier werden auf riesigen Tischen der für Madeira typische schwarze Degenfisch oder ganze Thunfische von Fischhändlern zerlegt. Die Fischhändler tragen lange Gummischürzen und Stiefel. Überall hängen Wasserschläuche, mit denen die Fischreste und Gräten von den Tischen gespült werden. Es ist nass und kalt hier drinnen. Und es stinkt ein bisschen zu sehr nach Fisch, finde ich. Zurück ins Warme. In handgefertigten Körben werden in kunstvoller Weise die Obst- und Gemüsesorten gestapelt und angepriesen. Hier unten gibt es Fisch, Fleisch, Blumen und Wein. Den Madeirawein. Seit dem 16.Jahrhundert wird dieser Wein angebaut und exportiert. Der Madeirawein wird häufig in der Küche verwendet und ist Grundlage der Madeirasoße. Oben, auf der zweiten Etage befinden sich die Obststände, Gemüse, tropische Früchte, Gewürze und Kräuter. Diese Etage ist überdacht. Jeden Samstag findet hier der Bauernmarkt statt. Dann bieten einheimische Bauern zusätzlich ihre Produkte an, während vor der Markthalle das bunte Treiben mit fröhlicher Musik untermalt wird. Die benachbarten Straßencafés laden derweil zum Verschnaufen und Genießen ein.

In der Ferne erkenne ich eine Luftseilbahn, die die Besucher auf den Berg nach Monte bringt. Monte ist ein kleiner Ort auf 600 Meter Höhe. Dieser Ort ist berühmt wegen seiner Wallfahrtskirche Nossa Senhora do Monte, die 1744 erbaut wurde. In dieser Kirche ist der Sarg des letzten Kaisers von Österreich, Karl I. aufgebahrt. Nahe der Kirche befindet sich der schönste Garten der Insel, Jardim Tropical Monte Palace. Dies ist ein Park mit tropischen Pflanzen in einer exotischen Umgebung. Beeinflusst von japanischen und chinesischen Gärten. Es gibt sogar ein Wasserbecken mit edlen Koi-Karpfen.

Wer genug hat vom Laufen, dem kann Monte etwas Spektakuläres bieten. Runter geht es nämlich mit einem zwei- oder dreisitzigen Korbschlitten mit Holzkufen, dem Toboggan-Schlitten, der nur mit Hilfe der Füße beziehungsweise mit Gummi besohlten Schuhen gelenkt und gebremst werden kann. Das machen natürlich die zwei Schlittenlenker, die in ihren weißen, traditionellen Trachten und Strohhut auf dem Kopf das Gefährt manövrieren. In halsbrecherischem Tempo von bis zu 48 km/h geht es über den blank gescheuerten Asphalt den Berg abwärts. Nur in den scharfen Kurven wird abgebremst. Und weil es auf diesen Fahrten etliche Unfälle gegeben hat, ist die Strecke mittlerweile auf zwei Kilometer Länge verkürzt worden. Zehn Minuten dauert der ganze Spaß. Dann qualmen die Kufen und wahrscheinlich auch die Schuhsohlen. Sehr viel länger möchte man auch gar nicht in diesem Schlitten sitzen. Er ist hart und unbequem. Aber es macht trotzdem Spaß.

Auch wenn es im Süden der Insel verlockend schön warm und sonnig ist, so möchte ich dennoch einen

Abstecher in den Norden machen. Ich möchte einen Ausflug nach Santana machen, einer kleinen Stadt an der Nordküste. Die Straße von Funchal aus windet sich in Serpentinen die Berge hinauf. Kurz vor dem Ziel hüllen sich die Berge in graue Wolken. Nebel zieht auf. Es ist sicher zehn Grad kälter als im Süden. Ein frischer Wind macht das Ganze nicht besser. In einer Kurve am Wegrand sitzen einfache Bauern, die ihre Früchte anbieten. Ich mache halt und kaufe ein paar Mini-Bananen, die hier gerade verkauft werden. Sie sind sehr viel dunkler gelb als in unseren Supermärkten, fast schon orangegelb. Ihr intensives Aroma kann ich schon durch die Schale riechen. Und sie schmecken köstlich. So müssen Bananen schmecken. Süß, fruchtig, bananig. Die Bauern bedanken sich, und ich fahre gestärkt weiter bis nach Santana. Santana liegt hoch oben an einer Steilküste. Es führen keine Wege hinunter ans Wasser. Die Aussicht auf das wilde, stürmische Meer ist beeindruckend. Der Ort mit seinen 3500 Einwohnern ist berühmt wegen seiner kleinen, strohbedeckten Bauernhäuser. Diese Häuschen sind rot und blau angestrichen und haben die Form eines Dreiecks. Die Strohdächer reichen bis auf den Boden. Heute wohnen die Menschen nicht mehr in ihnen, aber für Touristen sind einige Häuschen wie ein Museum zurechtgemacht und eingerichtet. Mehr als zwei Personen konnten kaum darin wohnen, so klein war der Wohn- und Schlafraum. Trotzdem wirken sie gemütlich und bieten einen guten Schutz gegen die starken Stürme, die es hier häufig gibt. Ich habe erst einmal genug gesehen. Das Wetter treibt mich wieder Richtung Sonne, also Richtung Süden. Die Straße führt durch die feuchten Wälder Madeiras. Es gibt einen ausgeschilderten Wanderweg an den Levadas entlang, der jedoch für ungeübte Wanderer nicht ganz ungefährlich ist, da er auf Grund seiner Länge sehr anspruchsvoll ist. Für den gesamten Rundweg braucht man vier bis fünf Stunden. Es geht vorbei an tiefen Schluchten und steilen Abhängen, die mit einem Drahtseil gesichert sind. Es geht über Wege, die mit Moos und Pilzen bewachsen sind. Kleine weiße Nebelschwaden durchziehen den Wald und wehen all die Düfte durch das Dickicht. Nach einer Weile führt der Weg durch einen mystischen Nadelbaumwald, dann durch einen Wald mit Lorbeerbäumen und Hortensien. Neben kleinen Bachläufen wachsen bunte Blütenteppiche, dann wieder stürzt ein Wasserfall 100 Meter in die Tiefe. Ein Rauschen und Tosen des Wassers ist zu hören. Und schließlich steht man vor einem Tunnel, der so dunkel ist, dass man ohne Taschenlampe keinen Fuß hinein setzen würde. Drinnen riecht es modrig und nass. Wenn man den Weg hindurch geschafft hat, hat man ein wenig Zeit, diese unglaublichen Eindrücke zu verarbeiten. Hier ist es wie im Urwald. Eine unberührte Natur, so schön und gewaltig, dass man nur staunen kann. Madeira ist so vielfältig in seiner Natur. Mal fühle ich mich wie in einem Hochgebirge, mal wie im Sauerland. Dann wieder gibt es Strandregionen, die subtropisch warm daher kommen. Es gibt Weinberge, an denen Rebsorten wachsen, die den berühmten Madeira-Wein hervorbringen. Hinter der nächsten Kurve erwartet mich schwarzes Lava-Gestein. Hier sieht man deutlich, dass die Insel durch Vulkanausbrüche entstanden ist.

Dass eine relativ kleine Insel dermaßen abwechslungsreich sein kann, hat mich begeistert. Die ganze Insel Madeira ist ein einziger botanischer Garten. Sie hat mir in diesem Urlaub zur Glückseligkeit verholfen.

St. Petersburg, Russland

Russland. Eine große Herausforderung für mich, eine Reise dorthin alleine zu machen. Mein Schwiegervater hat in seinen Erzählungen über seine Kriegserlebnisse immer sehr negativ von den Russen berichtet. „Du darfst nie den Russen trauen! Sie sind gefährlich!", waren seine Worte. Ich wollte das nie so richtig glauben. Und da ich einen ausgeprägten Dickkopf habe, habe ich beschlossen, einen Urlaub in dieses Land zu machen- gegen den Rat aller. Ich will mir und den anderen beweisen, dass eine Reise nach Russland ungefährlich ist. Es lockt mich St. Petersburg. Früher auch Petrograd und dann Leningrad genannt. Ich kann es nicht genau beschreiben, was mich so an dieser Stadt fasziniert. Vielleicht der Beiname: Venedig des Nordens? Ist es der Nervenkitzel oder die Neugier? So viele Menschen kenne ich gar nicht, die schon einmal dort waren. Also kann es nur meine Abenteuerlust sein, die mich antreibt. Ich entschließe mich also, diese Reise alleine zu machen. Keine Gruppenreise, keine Begleitung. Nur ich alleine! Ich bin nicht ängstlich. Meine Devise lautet immer: was andere können, das kannst du auch. Im Familien- und Freundeskreis wird dies teils als mutig, teils als leichtsinnig kommentiert.

„Du sprichst kein Russisch." „Was ist, wenn du überfallen und ausgeraubt wirst?" „Ich könnte keinem Russen trauen!" So geht es weiter und immer weiter. Ich besorge mir Etliches an Literatur, Stadtplänen, etc. Im Reisebüro bekomme ich Kataloge für Städtereisen. Die Hotels sind auf den Bildern ganz schön anzusehen. Weil mich alle ganz verrückt gemacht haben, bezüglich Gefahr usw., buche ich im Reisebüro über TUI ein Hotel *und* den Transfer vom Flughafen St. Petersburg zu meinem Hotel. Ich beschließe, den Flug im Internet zu buchen. Ich möchte nach St. Petersburg, wenn die ´weißen Nächte´ sind. Das ist im Hochsommer. Die ganze Nacht über wird es nicht dunkel. Es muss herrlich sein. Also, billigflug.de, direktflug.de, irgend so eine Seite rufe ich auf, und finde einen preiswerten Flieger nach Russland. Eine russische Maschine РОССИЯ-Airline. Abflug von Düsseldorf. Flugzeit etwa 5 Stunden. Ich denke, falls die Maschine abstürzt, hast du wenigstens nicht so viel bezahlt. Galgenhumor. Was ich vom Reisebüro erfahre ist, dass ich vor der Reise ein Visum beantragen muss. Meine Unterlagen müssen von einem russischen Konsulat mit Sitz in Berlin geprüft und bewilligt werden. Erst wenn ich vom Hotel in Russland ´eingeladen´ werde, bekomme ich das Visum. Nach 14 Tagen habe ich es. Glück gehabt!

Eine Woche St. Petersburg. Am Flughafen checke ich ein. Viele Russen sind mit an Bord. Untersetzte Männer, rundes Gesicht, ärmlich gekleidet. Im null komma nix ist die Maschine in eine Wodka-Wolke eingehüllt. Es stimmt also, dieses Klischee. Mir wird ganz schlecht vom Gestank. Wir heben pünktlich ab, und ich freue mich schon auf St. Petersburg. Das Wetter ist herrlich, es verspricht, ein ruhiger Flug zu werden. Ich habe einen Fensterplatz, die Sonne scheint mir ins Gesicht, und schon macht das Flugzeug die erste Kurve. Die Kurve wird lang und immer länger, die Sonne ist jetzt auf der gegenüberliegenden Seite zu sehen. Ich denke, komisch, wieso fliegen wir so eine komische Route? Da ertönt es aus dem Cockpit: „Guten Morgen, meine Damen und Herren, es begrüßt Sie an Bord der Maschine Ihr Kapitän." Es ist ein weiblicher Kapitän. „Wir müssen Sie bitten, sich wieder anzuschnallen. Wie Sie sicher gemerkt haben, fliegen wir zurück. Wir müssen notlanden. Bitte bewahren Sie Ruhe. Es wird nichts geschehen. Hier bei mir im Cockpit ist nur eine Lampe rot. Und ich weiß nicht, was das ist! Mir ist lieber, dass wir das am Boden durchchecken lassen. Sie werden sicher Verständnis dafür haben. Vielen Dank." *Nur eine Lampe Rot!* Mein Blutdruck sackt in den Keller. Hätte ich doch bloß nicht eine russische Maschine gewählt. Hätte ich doch bloß auf die Ratschläge meiner Familie und Freunde gehört. Mit dem beschleunigten Herzschlag aller Passagiere hätte man locker ein ganzes Kraftwerk betreiben können. Die Russen auf einen Schlag nüchtern. Der Mief bleibt leider trotzdem. Kein Macho mehr an Bord. Sehr angenehm. Schweißperlen stehen denen stattdessen auf der Stirn, denn die warmen Wollpullover fangen an zu miefen und zu jucken. Sieh an, auf einmal sind wir alle gleich. „Wie kann man es zulassen, eine Frau fliegen zu lassen?" Ich hör wohl nicht recht. „Das ist doch klar, dass eine Frau überfordert ist, wenn es technische Probleme gibt!" Unverschämtheit, denke ich. Die kann doch nichts dafür. Wenigstens dreht sie um und fliegt nicht einfach weiter. Es hilft nichts. Wir müssen uns anschnallen und beten, dass wir heil runter kommen. Wir kommen heil runter. Niemand darf das Flugzeug verlassen. Wir warten auf die Monteure. Endlich. Mit zweistündiger Verspätung starten wir erneut. Diesmal gibt es keine weiteren Komplikationen, jedoch können wir auf dem Flug keine Toilette benutzen. Das rote Licht hat was mit einer Öffnung zu tun, die sich nicht verschließen lässt auf der Toilette. Am Boden konnten die Monteure den Schaden nicht beheben. Also gut. Mit einem mulmigen Gefühl im Magen haben wir den Flug durchgestanden. Endlich ist St. Petersburg in Sicht. Aus der Luft sieht man schon die Ostseeküste und die vielen Kanäle in der Stadt. Traumhaft schön. Das Flughafengebäude ist sehr modern und europäisch. Alles ist auf Hochglanz poliert. Überall stehen bewaffnete Männer in Uniform und schauen einen mit ernstem Gesicht an. Sofort bekomme ich ein mulmiges Gefühl. Nachdem ich mein Gepäck abgeholt habe, gehe ich Richtung Ausgang. Alles hier ist fremd. Überall kyrillische Schrift. Ich kann mich nur dem Strom der Menschen anschließen, die auf den Ausgang zuströmen. Wird schon stimmen. Ich habe ja den Transfer zum Hotel gebucht. Also halte ich Ausschau nach einem TUI-Schild oder nach einem Schild mit dem Namen des Hotels. Wie war der noch gleich? Ah richtig, DOSTOEVSKY-Hotel. Langsam leert sich die Halle, ich sehe immer noch keinen, der mich abholen soll. An einem Info-Stand frage ich nach dem Transfer von TUI. „We don´t know. Kennen wir nicht. Never heard about." TUI unbekannt. Ach du Sch.... Was mache ich jetzt? Eine viertel Stunde ist rum, eine halbe Stunde. Meine Nervosität steigt. Was habe ich falsch gemacht? Nach fast einer Stunde sehe ich ein kleines Hutzelmännchen, anders kann ich ihn nicht bezeichnen, der ein selbstgemaltes Pappschild vor seiner Brust hält. Da steht mein Name drauf! Mir fällt ein Stein vom Herzen. Aus seinen 20 Wörtern Englisch und sieben Wörtern Deutsch höre ich heraus, dass er von der Verspätung gehört habe, und dass er erst mal wieder nach Hause gefahren sei, seinen Sohn von der Schule abgeholt habe und jetzt mit seinem Auto eben hier sei, um mich zu meinem Hotel zu fahren. Eigentlich ist der ganz nett, denke ich. Siehste, klappt doch! Die Fahrt durch St. Petersburg in seinem klapprigen Auto ist abenteuerlich. Ich glaube, einen TÜV haben die Russen nicht. Zumindest sehen die Autos hier so aus, als würden sie bei der nächsten Kurve auseinander fallen. Verbeult, verrostet und erbärmlich. Rote Ampeln, überflüssig! Kein Mensch bleibt dafür stehen. Schlaglöcher, so tief wie Riesenkrater, die einen verschlucken können. Also fahren wir im Slalom um die Schlaglöcher herum, fahren über die roten Ampeln, hupen ab und zu, bremsen notgedrungen, um keinen alten Menschen zu überfahren. Ich bin beeindruckt. Es ist Alltag in Russland. Alle fahren so. Selbst die Fußgänger scheint das nicht zu stören. Auch sie laufen bei Rot über die Ampeln. Unsere deutschen Politessen hätten ihre Freude, oder auch nicht. Zumindest würde sich deren Kasse im Handumdrehen füllen. Nach vierzig Minuten

Fahrtzeit haben wir mein Ziel erreicht. Da ist das Hotel DOSTOEVSKY. Ich bin erleichtert. Trinkgeld kann ich dem Fahrer nur in Euros geben. Man darf nicht schon von Deutschland aus Geld umtauschen. Das muss vor Ort geschehen. Mein Fahrer freut sich und nimmt es gerne an. Von außen sieht das Hotel aus wie ein riesiges Hochhaus, an die acht Etagen. Ein imposanter roter Backsteinbau. Die Empfangshalle ist eigentlich keine Halle, sondern eher ein enges Büro, in dem sich zig Touristen knubbeln und auf ihren Bus warten. Franzosen, Engländer, Schweizer. Ich schlängele mich bis zur Rezeption durch und begrüße die Empfangsdame. Nein, sie kann kein Deutsch, nur etwas Englisch. Mit Mühe und Not erfahre ich, wo ich mein Zimmer finde, wann und wo es Frühstück gibt. Und weg ist sie. Hätte ich doch bloß einen Kompass mitgenommen. Das Hotel ist dermaßen groß, dass es eigentlich nur mit Grundrissplan in der Hand betreten werden sollte. Acht Etagen, etwa 1000 Zimmer, etliche Innenhöfe, mittendrin eine Hintertür zu einem Einkaufszentrum. Ich werde fast verrückt. Wo ist bloß mein Zimmer? Nach einer halben Stunde habe ich es endlich gefunden! Ein fensterloses Zimmer mit abgestandener Luft, die Einrichtung aus dem vorherigen Jahrhundert, das Bett weich und durchgelegen, aber dennoch fühle ich mich hier erst mal wohl. Ich bin angekommen. Ich habe es bis ins Hotel geschafft. Das Flugzeug ist nicht abgestürzt. Auf meinem Handy: drei Anrufe in Abwesenheit. Ich melde mich zu Hause. Ja, ich bin gut angekommen, nein, es ist alles bestens, gar kein Problem, alle sind nett, ja der Flug war ruhig, ich bin pünktlich abgeholt worden. Ich melde mich wieder. Tschüss.

Am liebsten würde ich dieses Zimmer gar nicht mehr verlassen. Bis zu diesem Zeitpunkt hat mich die Reise schon ganz schön viele Nerven gekostet. War ich vielleicht doch zu leichtsinnig, alleine zu fahren? Aber dann denke ich: so ein Quatsch. Reiß dich zusammen. Es ist traumhaft schönes Wetter, und die Stadt möchte von dir erobert werden. Hänsel und Gretel haben Brotkrumen gestreut, um sich nicht zu verlaufen. Das hätte ich auch besser gemacht, denn zurück zur Rezeption ist es genauso schwierig wie hin. Als ich am Ausgang bin, fällt mir ein, dass ich ja noch gar kein russisches Geld habe. In der Ecke des Empfangsraumes entdecke ich das russische Modell eines Geldautomaten. Ich erkenne nur das Symbol der ec-Karte, und denke: hier bist du richtig. Also, Karte reingeschoben. Oje, was jetzt, alles ist in kyrillischer Schrift. Wie viel Geld soll herauskommen? 10 Rubel, 1000 Rubel? Ich habe den Umrechnungsfaktor nicht mehr im Kopf.

Also drücke ich eine Zahl, die mir realistisch vorkommt. 500 Rubel. Das hat geklappt, die Geldscheine kommen raus, und meine Karte ist auch wieder rausgekommen. Ich bin ja doch nicht so blöd, denke ich. Als ich auf der Straße bin, scheint mir die Sonne ins Gesicht. Eine herrliche Luft. Städte, die am Wasser liegen, haben einen besonderen Geruch, finde ich. Die Ostsee ist nicht fern. Hier riecht es nach dem frischen Salzwasser der Newa und nach ersten blühenden Bäumen. Die japanischen Kirschen stehen in voller Blüte und verströmen ihren zarten Duft. Ich gehe los und erkunde die Umgebung rings um mein Hotel. Stadtplan und Reiseführer sind in meiner Tasche. Womit ich nicht gerechnet habe ist, dass die Namen der Straßen alle in Kyrillisch geschrieben sind. In meinem Stadtplan jedoch in lateinischen Buchstaben. Ich mache es also wie in jeder anderen fremden Stadt. Ich orientiere mich an auffälligen Fassaden, an der Anzahl von Brücken, der Anzahl von Querstraßen etc. Das erfordert natürlich viel Konzentration, aber ich möchte mich schließlich nicht verlaufen. Langsam knurrt mir der Magen. In einer Seitenstraße, die ich gerade betreten habe, sehe ich ein paar Frauen und Männer aus einem Gebäude kommen mit Tüten in der Hand. Mal sehen, was das ist, wo sie da rauskommen. Ich stelle mich also vor die Tür und warte, bis wieder jemand herauskommt. Die Tür geht auf. Jetzt sehe ich, dass sich hinter der Tür eine große Markthalle befindet. Es gibt Körbe mit frischem Gemüse und Eiern, Obst, Hühner, die noch leben, Fische auf großen Eisflächen, Säcke mit Kartoffeln und Knoblauch, Töpfe mit Suppen. Von außen kann man nicht erkennen, dass dieses Haus eine Markthalle beherbergt. Keine Reklame außen, nicht einmal eine Fensterscheibe mit Auslagen. Nichts. Nur Mauer. Ich betrete diese Halle und schaue mich um. Hier drinnen sieht es aus, wie auf einem Wochenmarkt und nicht wie in einem Supermarkt. Hier herrscht kein Gedränge. Alle Kunden werden höflich bedient. Die Fische sehen aus, als wären sie gerade erst geangelt worden. Sie liegen auf großen Eisblöcken, riechen frisch und sehen appetitlich aus. Das Tauwasser unter den Tischen bildet ein Rinnsal aus fischigem Abwasser. Nebenan gibt es einen langen Tisch mit frischem Obst. Mir sind alle Sorten bekannt, es gibt nichts Fremdes. Da ich kein Russisch spreche, zeige ich auf Äpfel und Aprikosen, die saftig und süß sind und herrlich duften. Ich habe sie probieren dürfen. Die Marktfrauen sind sehr freundlich und nett. Ich kaufe das Obst, außerdem noch eine Flasche Wasser. Das klappt wunderbar. Aber beim Bezahlen merke ich, dass fast alles Geld ausgegeben ist. 130 Rubel. Ich schaue auf den Umrechnungsfaktor. Tatsächlich, das sind ja nur 2,50 Euro. Ich Blödmann. Ich habe nur etwa 10 Euro umgetauscht. Na jedenfalls kann ich meinen knurrenden Magen beruhigen. Ich setzte mich auf eine Bank vor der Markthalle und beobachte das bunte Treiben auf den Straßen. Das ist toll. An diesem Wochenende findet ein bunter Umzug durch die Straßen statt. Zu vergleichen mit unserem Straßenkarneval. Alles ist bunt geschmückt mit Girlanden und Fahnen, und die Menschen sind verkleidet. Vergessen ist der ganze Stress. Ich lasse mich anstecken von der ganzen Fröhlichkeit, genieße die Stadt und deren Atmosphäre. Sogar mein Hotel habe ich wiedergefunden, sodass ich am Abend mein Bett ausprobieren kann. Sieben Uhr am Morgen. Aufstehen, frühstücken. Mal sehen, wo das ist und wie das geht. Ich finde den Frühstücksraum. Es gibt für etwa 50 Personen Sitzgelegenheiten. Leider sind aber an die 800 Gäste im Hotel, die alle zur gleichen Zeit frühstücken wollen. So kommt es mir jedenfalls vor. Und so ganz falsch liege ich damit nicht, denn wie sich herausstellt, sind alle Gäste Teilnehmer von Gruppenreisen. Um Punkt acht ist für die Treffpunkt an der Rezeption und Abfahrt mit den Bussen zu den Besichtigungszielen. Ich bin wahrscheinlich die einzige, die solo unterwegs ist! Ich setzte mich zu einem Ehepaar an den Tisch, anders geht es nicht, und alle machen es so. Die beiden sind sehr nett, kommen aus der französischen Schweiz und wollen erst St. Petersburg und dann Moskau besichtigen. „Ach, Sie fahren ganz alleine?" Très courageux. „Ist das nicht gefährlich?" „Pouvez vous parler russe?" „Nein, ich kann kein russisch, aber bisher bin ich überall hingekommen, wo ich hinwollte." „Have a nice day. Au revoir. Salut." Nach dem Frühstück mache ich mich fertig für die Stadt. Die Sonne lacht, der Himmel ist wolkenlos. Einfach herrlich. Schnell noch mal an den Geldautomaten. Und los geht's. Mit einem Fotoapparat und Stadtplan starte ich meine Mission. Ich möchte alles aufnehmen und für zu Hause im Bild festhalten. Ich darf jedoch keine Brücken, Bahnhöfe und keine U-Bahnstationen fotografieren. Das ist in Russland nicht erlaubt. Im gesamten Stadtbild wimmelt es nur so von Polizei. Mir wird schon ein wenig mulmig, als ich das sehe. Ich beschließe, auf keinen Fall die U-Bahn zu nehmen. Im Prospekt habe ich gelesen, dass die Schienen 60 bis 100 Meter unter der Erde liegen. Mir ist das zu unheimlich. Etliche Rolltreppen sind zu nehmen.

Keine Schnappschüsse. Ich habe eine gute Ausrede: das Wetter ist phantastisch, und ich bin gut zu Fuß. In den Straßen wimmelt es von Menschen. Mir fällt auf, wie hübsch die russischen jungen Frauen sind. Sie könnten alle Models sein. Schlank, groß, gepflegt und sehr selbstbewusst. Während die alten Frauen doch eher ärmlich aussehen mit ihren Kopftüchern und alten Kleidern bzw. Lumpen. Wie viele Alte sehe ich in den Mülleimern wühlen, um etwas Essbares zu finden. Bettler sehe ich nicht, dafür aber zahlreiche Männer in Uniform. Vielleicht darf hier nicht gebettelt werden? Was mir auch auffällt sind die breiten, maroden Straßen voller Schlaglöcher. So breit wie eine 6-spurige Straße bei uns. Jedoch fahren hier nur eine Hand voll Autos. Das gäbe es bei uns in keiner Großstadt! Ich bin fasziniert von der ruhigen Geschäftigkeit. An einer Straßenecke entdecke ich einen kleinen Tante Emma Laden. Man muss zwei Stufen hinunter gehen. Mit ´klein´ meine ich wirklich klein. Kaum größer als fünf Quadratmeter. Eine kleine Fensterscheibe lässt nur einen Hauch von Licht in den Laden hinein, denn das Glas ist blind vor Dreck und Staub. Die Eingangstür steht offen, sodass ich sehen kann, was es hier zu kaufen gibt. Eine alte Bäuerin mit Kopftuch sitzt neben windschiefen Regalen und Tischen auf einem Schemel neben einem Korb voller Obst. Dieses Obst wäre bei uns in Deutschland zweite, wenn nicht dritte Wahl. Aber ich denke, es ist so vom Baum gepflückt worden wie es hier eben vor mir liegt. Mit Dellen und faulen Stellen. Bio. Ich werde sehr freundlich hinein gebeten und begrüßt. Süßigkeiten, Brot, Zahnpasta, Getränkeflaschen, Waschpulver. Hier gibt es alles, was man braucht. Ich kaufe mir ein wenig Proviant und bin stolz und glücklich zugleich, dass ich hier eingekauft habe. Nach fast vier Stunden Fußmarsch möchte ich mich etwas ausruhen. Da passt es gut, dass ich vor mir einen Bootsanleger sehe für Rundfahrten auf der Newa, dem großen Fluss, der im Finnischen Meerbusen mündet.

Touristenfahrten werden auf Englisch, Französisch und Deutsch angeboten und dauern zwei Stunden. Umgerechnet zwanzig Euro sollen sie kosten. Gegenüber der Anlegestelle sehe ich ganz ähnliche Schiffe, die aber nur russische Bedienstete an Bord haben. Auf einem Schild steht: ´ПУТеВКИ´. Ich habe keine Ahnung, was das heißt, und fragen kann ich auch keinen, weil die nur Russisch sprechen. 400 Rubel, steht da noch. Diese Fahrten kosten nur 8 Euro! Das finde ich super, und als ich sehe, dass russische Touristen dieses Schiff betreten, kaufe ich mir direkt eine Fahrtkarte für dieses Schiff. Es ist doch egal, wenn ich nichts verstehe, denke ich. Ich kann im Reiseführer ja alles nachlesen. Ich werde sehr freundlich an Bord gebeten. Was bin ich mutig! Schließlich bin ich hier, um Land und Leute kennen zu lernen. Meine Bedenken sind mittlerweile verflogen. Das Schiff ist im Vergleich zu den anderen Touristenschiffen einfach ausgestattet. Die Sitze sind nicht weich gepolstert, sondern aus Holz. Viele fröhliche Familien mit kleinen Kindern sind an Bord und beäugen mich neugierig. Vom Schiff aus sehe ich viele Sehenswürdigkeiten der Stadt. Gerade passieren wir einen Marktplatz, wo die russischen Matrjoschkas und handbemalte Eier im Stil der Fabergé-Eier angeboten werden. Hier wimmelt es von Besuchern. Vor uns ist die Eremitage zu sehen, das größte und schönste Museum der Welt, wie ich finde. In mehr als 350 Sälen, darunter dem Winterpalast, sind über 60.000 Exponate ausgestellt. Die Fassade des Winterpalastes in hellblau mit weißen und goldenen Türmchen wurde 1837 nach einem großen Feuer in russischem Barock Stil wiederaufgebaut. Vorbei geht es mit dem Ausflugschiff an der Auferstehungskathedrale, meine Lieblingskirche. Welch eine Pracht! Überall glänzen die goldenen Kuppeln über der Stadt. Und die Straßenmusiker, die rings um diese Kirche sitzen und ihre Lieder singen, verzaubern mich mit ihrer schwermütigen Musik. Diese Kirche wird auch Erlöserkirche oder Blutkirche genannt. Sie wurde an der Stelle gebaut, an der Zar Alexander II. einem Attentat 1881 erlag. Es ist die einzige Kirche im Zentrum St. Petersburgs, die im altrussischen Stil erbaut wurde. Alle anderen Kirchen haben Zeichen der westlichen Architektur.

Nach der Rundfahrt habe ich Hunger und beschließe, mir ein Restaurant zu suchen. Ich habe keine Lust auf McDonalds oder BURGER KING, die es in St. Petersburg auch gibt. Nein, ich möchte typisch russisch essen. Auf der mondänen Prachtstraße, Невский проспект, die über vier Kilometer durch das historische Zentrum St. Petersburgs verläuft, gibt es zahlreiche teure Geschäfte, edle Restaurants, aber auch Stände, die frische Blinys anbieten. Das sind hauchdünne Pfannkuchen aus Buchweizen, gefüllt mit Süßem oder Herzhaftem. Ihr Duft zieht durch alle Straßen. Im Reiseführer, den ich inzwischen rauf und runter beten kann, steht, dass man ein Restaurant betritt und abwartet, bis man von einem Ober an einen Tisch gebeten wird. Vorsichtig schaue ich in ein Restaurant hinein. Fast alle Tische sind belegt. Hier riecht es intensiv nach Knoblauch, Gemüse und Wein oder Wodka.

Was in keinem Reiseführer steht: es gibt draußen vor den Restaurants keine Speisekarte, auf der man schon sehen kann, was es dort zu essen gibt und wie teuer es da ist. Auweia. Was mache ich jetzt? Ich traue mich nicht, hineinzugehen. Zum Glück hat mich kein Ober entdeckt und angesprochen. Ich gehe weiter. Mittlerweile ist es schon halb drei. Mein Magen knurrt. Da erblicke ich ein Restaurant im Freien. Es sitzen einige Touristen dort, und ich kann im Vorbeigehen sehen, was bei denen auf den Tellern liegt. Sieht gar nicht so schlecht aus! Also beschließe ich, mich dorthin zu setzen und dort zu essen. Irgendwo habe ich gelesen, dass ein russischer Borschtsch super lecker sein soll. Der steht sogar auf der Karte. Also bestelle ich diese Kohlsuppe. Was soll ich sagen? Den Rest meines Urlaubs habe ich nach Knoblauch gestunken. Ich habe auch nichts anderes raus geschmeckt aus der Suppe, nicht mal die rote Beete. Nie wieder! Zumindest nicht in diesem Restaurant. Ob die Russen deshalb so viel Wodka trinken, um den Geschmack hinunter zu spülen? Am nächsten Tag möchte ich mir das Museum anschauen, die Eremitage. Von meinem Hotel aus sind es etwa 3 Kilometer Fußweg. Das schaffe ich. Ich traue mich ja nicht in eine U-Bahn. Auf dem Platz vor der Eremitage stehen Unmengen von Reisebussen.

Und vor dem Eingang des Museums hat sich schon eine kilometerlange Schlange gebildet. Ich stelle mich hinten an. Na, das kann ja dauern! Ich stehe und stehe, es geht nur häppchenweise voran. Da entdecke ich auf der anderen Seite des Gebäudes noch eine Warteschlange. Was ist, wenn ich hier gar nicht richtig bin? Ich brauche ja noch eine Eintrittskarte! Was ist, wenn ich hier endlich bis zum Eingang komme und ich bin völlig falsch, weil es Karten nur am anderen Ende gibt? Wen kann ich fragen? Kein deutsches Wort ist zu hören. Alles Japaner, Russen, Franzosen um mich herum. Trotzdem, ich muss es versuchen! Ich trete aus der Schlange und rufe so laut es geht: „Is here anyone who can tell me if I´m right here?" Bin ich hier richtig? Etliche Japanerinnen kommen auf mich zu und helfen mir gerne weiter. Ich bin richtig! Wozu die Aufregung! Am Eingang Uniformen, Wachpersonal, Polizisten. Als ich aber drin bin, kann ich mich frei bewegen wie in kaum einem anderen Museum auf der Welt. Und ich kenne einige! Das hochpolierte Parkett riecht intensiv nach Bohnerwachs. Vor den Ölgemälden gibt es keine Absperrungen wie bei uns in Deutschland. Ich könnte sogar die Bilder anfassen, wenn ich mich trauen würde. *Und* ich darf fotografieren. Die Impressionisten, die mich besonders interessieren, sind im Winterpalais auf der zweiten Etage zu finden, Säle 314-332. Ich bin im Bilde.

Das Winterpalais ist eines von fünf Gebäuden der Eremitage. Das Innere des Gebäudes ist dermaßen phantastisch, dass die ausgestellten Kunstwerke eher nebensächlich sind. So empfinde ich das. Russisches Barock vom Feinsten. Und in dem Moment bin ich richtig froh, nicht einer Reisegruppe anzugehören. Die müssen immer hinter einem Fähnchen herlaufen, ob sie wollen oder nicht, ob sie können oder nicht. Ich kann mein Tempo selbst bestimmen, kann mich hinsetzen, beobachten, schmunzeln über die Hektik, die so manche Gruppe verbreitet. Keine Zeit, keine Zeit, wir müssen weiter, vite, vite. Die Armen! Ich schaue mir auch nur das an, was *mich* interessiert und nicht den Reiseleiter. Alles in allem bin ich restlos zufrieden mit diesem Ausflug.

Was steht noch auf meinem Besichtigungsplan in St. Petersburg?

Ich möchte gerne das Schloss ´Peterhof´ kennenlernen. Das Schloss ´Peterhof´ ist eines von vielen Sommerresidenzen des Zaren und gilt wegen der prächtigen Parkanlagen und der grandiosen Wasserspiele als russisches Versailles. Es liegt direkt an der Ostsee, am Finnischen

Meerbusen. Mit einem Tragflächenboot gelangt man von der Eremitage aus in 30 Minuten zu diesem Palast. Das mache ich. Schöner kann so ein Tag nicht sein. Strahlend blauer Himmel, es ist warm, meine Füße können wieder. Ich steige ein in das Schiff, und los geht's. Ich habe nicht erwartet, dass dieses schnelle Tragflächenboot so modern und komfortabel ist. Da ich ein Fan von Nord- und Ostsee bin, hänge ich meine Nase in den Wind und atme die salzige Luft tief ein. Wunderbar. Nach einer halben Stunde sind wir da. Schon vom Anleger aus kann man das prächtige Schloss sehen, davor unzählige Springbrunnen und Fontänen. Ich steige aus und laufe durch einen kleinen Wald über weichen Waldboden, der zu den Parks und dem Schloss führt.

Früher konnten der Zar und seine Familie bequem mit dem Schiff durch dieses Wäldchen bis zu ihrem Schloss fahren. Man kann sich ja denken, dass die Damen mit ihren bodenlangen Gewändern und Reifröcken keine 100 Meter zu Fuß laufen konnten. So wurden sie bis vor das Schloss gebracht.

Diesen kleinen Kanal gibt es immer noch. Nur dürfen die Touristenschiffe ihn nicht benutzen. Der kleine Wald duftet herrlich nach Moos und Harz. Durch die Schneise, die der Kanal in den Wald schneidet, zieht ein zarter Meeresduft. Er bringt den Geruch von Algen, Fisch und Salzwasser der Ostsee bis zum Schloss. Zahlreiche Singvögel zwitschern in den Wipfeln der großen Buchen und Fichten. Überall sehe ich goldene Türmchen, Putten auf jedem Geländer, Herrschaften in historischen Kostümen, die sich gegen Gebühr sehr gerne fotografieren lassen. Das muss man einfach gesehen haben.

Und dann gibt es neben 150 Springbrunnen in den Parks sogenannte ´Spaßbrunnen´. Die hat Peter der Große im unteren Park errichten lassen, zur Belustigung aller Besucher. Man muss sich das so vorstellen: eine Fläche von etwa 6 m² ist mit Kopfsteinpflaster versehen. Sobald man darüber läuft und auf einen Stein tritt, schießt Wasser hoch, und man wird pitschnass. Es ist aber jedes Mal ein anderer Stein, der betreten werden muss. Man kann sich also keine Taktik ausdenken, um trockenen Fußes hindurch zu kommen. Das hat eine ganze russische Schulklasse spitz bekommen. Oh, was haben die für einen Spaß. Bis auf die Unterhosen sind die nass geworden. Und dann kommt ihre Lehrerin! Eine Lehrerin, die aussieht, als wäre sie die Leiterin eines Erziehungscamps, wie man es aus dem Fernsehen kennt. Ich brauche keine Russischkenntnisse, um das zu verstehen, was sie ihren Schülern an den Kopf geworfen hat. Sofort herrscht Ruhe und Disziplin. Wow. Ich bin beeindruckt.

Spielverderber!

Die Abfahrtszeiten des Tragflächenbootes habe ich im Kopf. Ich kann mir also reichlich Zeit nehmen für diese wunderschöne Parkanlage mit schattigen Spazierwegen, Bänken, die zum Verweilen einladen und ihren prächtigen, goldverzierten Gebäuden. Manche sind überwuchert mit blau blühenden Glyzinien oder Goldregen. Andere Gebäude, die früher als Stallungen dienten und heute als Café erstrahlen, sind eingerahmt von duftenden, rosa blühenden japanischen Kirschbäumen. Darüber thront der wolkenlos blaue Himmel und macht die Kulisse märchenhaft. Der gesamte Park gliedert sich in den unteren Garten und den oberen Garten. Oben glänzt das Schloss nach französischem Vorbild in einem Barockpark, der untere Garten wird dominiert von der goldenen Kaskade und dem Kanal zur Ostsee. Rings um die Springbrunnen gibt es ein Blütenmeer aus Tulpen, Narzissen und Rosen.

Ich habe nicht das Gefühl, dass ich hier in Russland bin. Es ist alles so ordentlich, penibel sauber und friedlich. Meine Vorstellung über Russland muss ich völlig neu definieren. Zumindest hier in St. Petersburg und Umgebung. Diese Stadt kommt sehr europäisch daher. Von 1712 bis 1918 war sie die Hauptstadt des Russischen Kaiserreichs. Wladimir Putin ist hier geboren und hat seit 1994 als erster Vizebürgermeister gearbeitet und gelebt. Er ist stolz auf seine Heimatstadt und hält sie gut in Schuss.

In meiner Vorstellung war Russland ein Land voller Armut, Elend und alkoholisierten alten Männern, sowie vielen bewaffneten Soldaten im Stadtbild. Ich kann nicht sagen, dass ich enttäuscht bin, weil ich mich getäuscht habe. Nein, im Gegenteil. St. Petersburg ist wunderschön, die Menschen sehr aufgeschlossen gegenüber westlichen Touristen.

Diese Stadt ist so sicher und so schön wie jede andere europäische Großstadt auch. Ich würde sie gerne auch mal im Winter besuchen, wenn die Kanäle zugefroren sind und der Schnee unter den Sohlen knirscht.

Langeoog, Ostfriesland, Deutschland

Nur selten ist es hier windstill. Schon am Fähranleger in Bensersiel lassen sich die großen Silbermöwen im Wind treiben und segeln gemächlich über den Deich und das Wattenmeer. Die Lachmöwen geben ihr Geschrei hinzu. Sie warten auf die Fischkutter, die gleich zurück kommen werden mit ihrem Fang. Schollen, Krebse und Sandgarnelen wird es heute wohl wieder geben, wie jeden Tag hier am Hafen. Dann wird erbittert um jeden Leckerbissen gekämpft, der über Bord fliegt. Denn nicht alle Fische oder Krebse sind zum Verkauf geeignet. Der Geruch von Fisch und Krabben liegt in der Luft.

Das Wechselspiel von Ebbe und Flut alle sechs Stunden ist für die Überfahrt zur Insel nicht unwichtig. Bis vor drei Jahren konnten die Schiffe tideunabhängig zur Insel fahren, da die Fahrrinne tief genug ausgebaggert war. Durch die ständige Bewegung des Wassers und das Aufspülen des Schlicks hat sich die Fahrrinne jedoch verengt, sodass die Überfahrten von Flut und Ebbe abhängig geworden sind. Mit der kommenden Flut steigt der Wasserpegel im Hafenbecken, und die Fahrrinne für die Fähren füllt sich Zentimeter um Zentimeter mit Seewasser, bis die Schiffe zur Insel Langeoog starten können. So manches Mal, wenn die Schiffe nicht rechtzeitig losfahren, weil der Kapitän meint, es würde schon gehen, bleiben die Schiffsschrauben im Schlick stecken und fahren sich fest. Dann geht es weder vorwärts noch rückwärts weiter. Wenn man Pech hat, muss man ein, zwei Stunden warten bis die Ebbe vorbei ist und sich die Schiffsschraube wieder dreht. Die Zeit kann man nutzen, um den Revierkämpfen der Seeschwalben am Deich zuzuschauen. Betritt ein Spaziergänger ihr Revier, stürzen sich die Schwalben im Sturzflug auf den Eindringling und attackieren ihn mit ihren spitzen Schnäbeln. Das ist wirklich gefährlich. Ich selbst bin einmal Opfer eines solchen Angriffs geworden. Zum Glück ist es für mich gut ausgegangen, denn die Seeschwalben wollten mir nur einen Denkzettel verpassen und mich vertreiben. Aber der Schreck sitzt mir immer noch in den Knochen.

Hier an der Ostfriesischen Küste gehen die Uhren ein wenig langsamer, so scheint es. Die einzige Abwechslung bietet die Natur. Darüber muss man sich im Klaren sein, wenn man auf der Insel Urlaub machen will. Vielmals ändert sich das Wetter, wenn die Flut kommt. Dann ziehen die Wolken vom Meer zum Festland hinüber. Mit jeder Welle, die das Wasser Stück für Stück Richtung Land treibt, nimmt es auch die Wolkendecke mit. Dann erscheint über der Insel die Sonne am strahlend blauen Himmel, während es am Festland grau bleibt. Bei Vollmond und Neumond gibt es häufig eine Springflut, also eine starke Flut. Dann sind die Wellen wild und aufschäumend, und der Sand am Strand prasselt einem mit voller Wucht gegen den Körper. Ist der Wind bei Vollmond auflandig, droht eine Sturmflut. Die kann ganze Strandabschnitte vernichten und die Deiche brechen lassen.

Auf Langeoog leben etwa 1700 Einwohner. Die kleine Insel ist 11 Kilometer lang und 3,5 Kilometer breit. Eine autofreie Insel in der Nordsee. Alle Urlauber und Einheimische müssen ihre Autos am Festland lassen. Allein schon der Gedanke daran, dass es keine fiesen Abgasgerüche gibt, lässt die Besucher tief durchatmen. Ein Paradies für Allergiker, die Probleme mit der Lunge haben. Erlaubt sind auf der Insel nur Fahrräder, Pferdekutschen und Unimogs mit Elektromotoren. Lediglich die Feuerwehr und der Notarzt dürfen mit ihren Dienstfahrzeugen fahren. Selbst die Müllabfuhr fährt den Müll mit Pferdekutschen zum Hafen. Dort werden die Müllsäcke aufs Schiff geladen und ans Festland verfrachtet. Schon bevor ich die Insel betrete, weht der typische Geruch des

Wattenmeeres um meine Nase. Wenn Ebbe ist und die Fahrrinne trocken läuft, riecht es besonders intensiv nach Fisch und trocknenden Algen, die sich an den Buhnen festhalten. Die Buhnen bestehen aus doppelten Holzpflock-Reihen, die rechtwinklig zur Küste angelegt wurden, um der mächtigen Brandung die Kraft zu nehmen. Diese Buhnen sind über und über besetzt mit schwarzen Miesmuscheln, kleinen Krebsen und Algen. Mit geschlossenen Augen rieche ich, dass ich an der Nordsee bin. Dieser Geruch ist so typisch, dass es keinen Zweifel gibt. Das Salzige, die würzig feuchte Luft. Die kräftig grünen Algen wickeln sich wie große Salatblätter um die Holzpflöcke. Essen sollte man sie nicht, da sie für den Menschen giftig und extrem jodhaltig sind.

Die Überfahrt mit der Fähre dauert etwa 40 Minuten, je nach Wasserstand. Mit einem ohrenbetäubenden Hupen des Schiffshorns werden die Touristen am Anleger begrüßt. Diese Zeremonie wiederholt sich bei jedem einlaufenden Schiff. Wenn alle Fahrgäste ausgestiegen sind, wartet eine kleine, bunte Inselbahn auf die Weiterfahrt und bringt die Urlauber in 10 Minuten zum ´Hauptbahnhof´. Das Gepäck, das in farbigen Containern verstaut ist, wird von wortkargen Insulanern vom Schiff in die Bahn geschoben. Die

grüßen uns Besucher nur mit einem Wort: „Moin."
Das ist die offizielle Begrüßung in Ostfriesland, egal
ob es Morgen, Abend oder Nacht ist. Die Fahrt mit
der Inselbahn ist so gemächlich, dass Fahrradfahrer
auf dem Weg parallel zu den Schienen neben uns
herfahren können. Auf die Art werden alle
Passagiere mit einem ´Moin´ und Winken
persönlich willkommen geheißen. Und schon habe
ich das Gefühl: hier geht es familiär zu. Am Bahnhof
angekommen, dürfen sich die Passagiere ihre
Koffer selber suchen und mitnehmen. Da ist es
ratsam, sich die Farbe des Containers zu merken,
wenn man seinen Koffer am Hafen in Bensersiel
aufgibt. Wer das nicht getan hat, muss warten bis
alle Koffer weg sind und nur noch seiner übrig
bleibt. Geklaut wird hier nicht. Wohin sollte ein
Dieb auch flüchten? Ohne Auto, ohne Schiff? Selbst
der Dorfpolizist fährt auf der Insel nur mit dem
Fahrrad. Nicht mal mit einem e-Bike.

Der Geruch der Insel hat sich mittlerweile
verändert. Jetzt rieche ich nicht mehr die salzige
Luft des Wassers und die fischigen Algen, sondern
den warmen, aromatischen Duft der Pferdeäpfel,
die hier überall auf dem Asphalt liegen. Zig Spatzen
picken sich aus den Pferdeäpfeln die Haferkörner
heraus. Zahlreiche Sammelkutschen warten vor

dem Bahnhof auf Gäste, die sich zu ihrer Pension oder zum Hotel bringen lassen wollen. Da die Insel klein ist und der Ortskern sehr nah beim Bahnhof liegt, laufen viele Urlauber den Weg zu ihrer Unterkunft zu Fuß. Hier gibt es zwar Bürgersteige und Straßen, aber alle Leute laufen wie und wo sie wollen. Es gibt ja keine Autos, keine Hektik, kein Gehupe. Das ist sehr erholsam. Hin und wieder beschwert sich mal ein Radfahrer mit wildem Klingeln auf seinem Fahrrad, aber das ist auch schon alles, was einen aufregen könnte. Die roten Backsteinhäuser mit ihren weißen Fenster- und Türrahmen sehen urgemütlich aus. Selbst die größeren Hotels sind mit roten Klinkersteinen und weißen Fensterrahmen gebaut und fügen sich harmonisch in die Landschaft. Im ewigen Wind rascheln und leuchten die Blätter der Silberpappeln. Die kleinen Vorgärten sind liebevoll angelegt mit Rosenbeeten und gelb leuchtenden Tagetes oder Heckenrosensträuchern mit ihren prallen roten Hagebutten, die für die Insel ganz typisch sind.

Wahrzeichen der Insel ist der Wasserturm, der hoch auf einer Düne thront und fast von jedem Punkt auf der Insel aus zu sehen ist. Der Turm ist achteckig und hat in 23m Höhe eine umlaufende Aussichtsplattform. Von hier oben aus können die

Urlauber die weite Dünenlandschaft bewundern, die direkt hinter dem Wasserturm beginnt. Ein stetes auf und ab sanfter Hügel. Mittendrin machen farbenprächtige Fasane auf sich aufmerksam. Ihre lauten Rufe hört man schon von Weitem. Das niedrige Dünengras täuscht ein weiches Kissen auf dem sandigen Untergrund vor. In Wirklichkeit sind die Stängel des Grases messerscharf. Sie müssen den schweren Stürmen im Winter trotzen und die Insel schützen. Ohne diese Dünengräser würden die starken Winde den Sand fortwehen und die Insel zerstören. Deswegen dürfen Urlauber diese Dünen nicht betreten. Es gibt aber wunderbare Spazierwege zwischendrin, die gesäumt sind von Sanddornbüschen und Heckenrosen.

Einmal im Jahr, wenn der Sommer vorbei ist, ist Erntezeit. Dann werden die widerborstigen Sanddornbüsche in mühsamer Handarbeit geschnitten und die orangen Sanddornbeeren geerntet. Das ist eine harte Arbeit, denn die Büsche haben lange, spitze Dornen. Die Beeren schmecken ein wenig herb und sauer, sind aber wegen des hohen Vitamin C-Gehalts sehr gesund und begehrt. Seit ein paar Jahren gibt es auf Langeoog eine kulinarische Spezialität: Dickmilch mit fruchtigem Sanddornsaft, dazu eine Scheibe Schwarzbrot. Es ist der Renner. Am besten genießt man dieses Essen im Hochsommer am Ostende der Insel, in der Meierei. Die Gaststätte der Meierei ist täglich überlaufen von Besuchern, die hier ausruhen und sich für den mühsamen Rückweg stärken wollen. Doch bevor es zurück geht, möchte ich noch die Seehunde suchen. Sie sollen sich hier am Ostende auf einer Sandbank tummeln. Der Weg hinter der Meierei endet irgendwann im weißen, weichen Sand. Spätestens hier müssen die Fahrräder abgestellt werden. Das Ende der Insel ist erreicht. Vorne das raue Meer mit Wellen, hinten das Wattenmeer ruhig und friedlich. In der Ferne erkennt man den Strand der Nachbarinsel Spiekeroog. Ich habe das Gefühl, als könnte ich zu Fuß hinüber laufen. So nah ist Spiekeroog zu sehen. Eine kleine Aussichtsplattform ist in der Nähe, von wo aus ich mit meinem Fernglas den Horizont absuchen kann. Und tatsächlich. Ich sehe eine große Kolonie von Seehunden, die es sich auf einer Sandbank gemütlich gemacht hat. Das ist wirklich schön mit anzusehen, wie sich die Zahl der Tiere vermehrt hat, gab es doch vor Jahren so ein großes Seehundsterben. Austernfischer und Bachstelzen spazieren durch das seichte Wasser auf der Suche nach Würmern und Krebsen. Es sieht aus, als wäre das Wasser mit einem blühenden Teppich bedeckt. Zarte Gräser wiegen sich im Wind, die Besenheide blüht in hellem rosa, ebenso der Strandflieder und die Strandaster. Es duftet hier nicht so aufdringlich nach Fisch wie auf der Westseite der Insel, sondern eher nach den Blüten der Pflanzen. Ich könnte hier stundenlang im Sand sitzen und die friedliche Stimmung genießen. Die fernen Wellen rauschen, der feine Sand weht wie ein Schleier über die Muschelbänke, die es hier gibt. Lediglich die Möwen kreischen, sonst ist es still.

Es sind zwar nur acht Kilometer Fußmarsch bzw. Fahrradfahrt bis zum Dorf, aber häufig setzt in den Nachmittagsstunden ein starker Gegenwind ein. Dann gilt es, tapfer durchzuhalten, denn es gibt weder einen Unterschlupf noch ein Taxi, das einen abholen könnte. Für Hartgesottene ist das kein Problem. Und Nordseeurlauber scheinen alle zu den Hartgesottenen zu gehören. Bis auf die vielen kleinen Kinder. Die maulen solange, bis sie huckepack getragen werden oder auf ihren kleinen Dreirädchen von Mama oder Papa geschoben werden.

Wattwandern. Das ist auch so eine Beschäftigung im Nordsee Urlaub, die wohl nur den Erwachsenen Spaß macht. Ich weiß aus eigener Erfahrung, wie ich mich gefühlt habe, als mir im matschigen Watt die ersten Würmer durch die Zehen gekrochen sind. Wattwürmer. Überall waren die. Ich konnte ihnen gar nicht ausweichen. Also habe ich geschrien, was das Zeug hält. Meine Schwester genauso. Da waren wir sechs Jahre alt. Also mussten unsere Eltern uns durch diesen Schlick tragen, sonst hätte der Wattführer den anderen Teilnehmern nicht mehr erklären können, wie gesund es ist, barfuß durchs Watt zu stapfen. Eine natürliche Massage für die Füße und gut für den Stressabbau soll es sein. Damals war mir der Geruch egal. Heute liebe ich ihn. Den Geruch des schwarzen Schlicks, der so intensiv nach Moder und Matsch riecht.

Sobald sich ein sonniger Tag dem Ende neigt, kann man beobachten, wie sich auf der vorderen Düne zum Wasser zahlreiche Fotografen und Schaulustige versammeln, die auf den Höhepunkt des Tages warten. Die Objektive mit Weitwinkel oder Zoom zeigen alle in die gleiche Richtung, nach Westen. Die Fotografen stehen hinter den Stativen und sind bereit. Jetzt darf nichts schief gehen. Es ist mucksmäuschenstill, aber die Luft vibriert vor Anspannung. Noch ein paar Minuten, dann ist es soweit.

Für nicht eingeweihte Beobachter ist diese Zeremonie seltsam, denn sie wissen nicht, was da beobachtet werden kann. Vielleicht ein großes Passagierschiff, das am Horizont auftaucht? Oder ein paar Seehunde, die sich auf einer Sandbank ausruhen? Oder ein Einsatz des Seenot-Rettungsschiffes? Alles falsch.

Es ist der spektakuläre Sonnenuntergang. Der orange Feuerball, der von Minute zu Minute roter wird, sinkt tiefer und tiefer am Horizont, bis er schließlich den Rand des Wassers berührt. Das ist der Augenblick, wo die Klicks der Kameras ausgelöst werden. Alle paar Sekunden wird ein Foto gemacht, solange, bis von der Sonne nichts mehr zu sehen ist. Aber wehe, es schiebt sich eine kleine Wolke vor die Sonne. Dann war die ganze Warterei umsonst und die Fotos nur halb so schön.

Mittlerweile zieht ein Duft über die Düne, der einem das Wasser im Mund zusammen laufen lässt. Die Restaurants haben ihre Türen geöffnet und laden zum fangfrischen Fisch ein.

Es ist nicht der Duft der großen weiten Welt. Aber wenn es am Abend anfängt, dämmrig zu werden und die Nachtigall von den Dächern ihr Abendlied singt, dann wird es ganz ruhig auf der Insel. Nur der leichte Wind wiegt die Gräser in den Schlaf. Der sanfte Geruch von warmen Gräsern steigt aus den Dünen empor. Nachdem die Sonne untergegangen und im Meer versunken ist, färbt sich der Abendhimmel in Orange, Türkis und Blau. Die letzten Drachenflieger am Strand werden eingeholt. Ein paar wenige Spaziergänger, die vom Badestrand kommen, machen sich auf den Nachhauseweg. Langsam wird es dunkel und kühl. Ich stelle mich auf die Aussichtsplattform des Wasserturms und beobachte, wie nacheinander etliche Lichter anfangen zu leuchten. Am Festland sind es die tausend blinkenden Lichter der großen Windräder, die langsam ihre Kreise ziehen, und auf der anderen Seite der Insel am Horizont entdecke ich das Blinken der Leuchttürme auf den Nachbarinseln, die die Seeleute warnen und navigieren. Die friedliche Stille hier oben auf der Düne ist so erhaben, dass ich sie täglich herbei sehne. Ich sehe die grünen und roten Lichter der schwimmenden Bojen, die gemächlich auf den Wellen auf und ab tanzen und die Route der Schiffe abgrenzen. Und ich sehe in weiter Ferne die Lichter der großen Containerschiffe, die ganz langsam am Horizont stumm vorbeiziehen.

Dann habe ich ein Gefühl von grenzenloser Freiheit in mir. Ich atme tief die herrliche, kühle Luft ein. Hier ist mein Paradies.